古遠清臺灣文學新五書

臺灣百年文學期刊史

古遠清　著

目次

緒論　臺灣文學雜誌的分類及功能

臺灣文學的興盛與發展，離不開文學雜誌。文學期刊是創新和保存臺灣文學的一個重要載體，因此，撰寫臺灣文學史必須建立在文學報刊乃至文學副刊的基礎上。可目前兩岸出版的臺灣文學史，談及文學報刊的篇幅有限，因而我們很需要一本《臺灣百年文學期刊史》。

這裡說的「期刊」的定義，另有日本人發明的「雜誌」這一說。這是一種定期的出版物，一般在七日以上、三個月以下，當然也有例外。按這種出版週期區分，有週刊、旬刊、半月刊、月刊、雙月刊、季刊、半年刊、年刊的分別。年刊的雜誌較少，但也不是沒有，如蓉子、羅門於一九六四年主編的《藍星年刊》。半年刊則有二〇〇四年三月由金榮華任發行人的《中國現代文學》，自二〇〇六年六月二十日起，由季刊改為半年刊。

據當年「臺灣省雜誌協會」統計，從一九四九年起雜誌業發展得比較快。如果把大陸遷臺復刊的計算在內，共有四十家，但文藝類雜誌只有潘壘創辦的《寶島文藝》和程大城主編的《半月文藝》兩家。到一九六一年，文藝刊物增至二十家，到一九七〇年更高達三十八家，以後均呈幾何級數增長。這裡說的文藝類雜誌，是指以文學為主，還兼及藝術的期刊。泛文化雜誌如《文星》、《人間》不包括在內。《傳記文學》雖稱「文學」，可內容大都與政治、軍事、歷史有關，文學作品極少，因而本書也不設專節論述。鑒於臺灣一直缺乏存活較長的當代文學評論刊物，故把以文學為主的《書評書目》，也列入論述範圍。

從傳播方式論，本書只論述書寫與印刷作爲媒介的文學雜誌，不包括網路文學期刊。從語言上看，本書論述的臺灣文學雜誌主要是指以中文爲工具書寫，也有少量用日文寫作，或中日文並用，或用臺語書寫的刊物。

不可以絕對地說「沒有臺灣文學雜誌，就沒有臺灣文學的發展」。因爲報紙副刊尤其是七十年代的《聯合報》、《中國時報》副刊，作爲大眾傳媒，他們扮演了重要角色，有時簡直成了「文壇」的同義詞。但如果沒有與報紙、書籍同屬平面媒體的眾多不同色彩的臺灣文學雜誌的出現，文壇至少會失卻半壁江山。

一　臺灣文學雜誌的分類

臺灣的文學雜誌有地域型、全島型、跨岸型、跨國型之分。地域型的有二〇〇五年十一月創辦的《鹽分地帶文學》。全島型的有一九八三年四月創辦、作爲引導鄉土文學潮流的《文學季刊》。跨島型的有二〇一五年十二月創辦的《兩岸詩》。跨國型的有一九八四年三月創辦的《亞洲華文作家雜誌》。

另有官辦與民營之分。官辦又有黨辦、團辦、軍辦、校辦、國營企業主辦之別。關於黨辦，有中國國民黨中央黨部於一九五一年五月創辦的《文藝創作》。這個雜誌的編輯部，有一段時間設在位於臺北的中央黨部大樓裡面。黨辦的還有一九五〇年二月由中國國民黨鐵路局主辦的《暢流》。軍辦的有一九五四年元月發行的《軍中文藝》，一九五六年改爲《革命文藝》。團辦的有「中國青年反共救國團」於一九五四年青年節創辦的《幼獅文藝》。校辦的有一九五四年五月「中華函授學校」創辦、由李辰冬任發行人的《中華文藝》。國營企業主辦方面，有中國石油公司於一九五六年四月在高雄創辦的《拾穗》。民辦的就更多，如一九五〇年三月程大城創辦的《半月文藝》。一九五三年一月在臺中創辦、由古之紅主編的《文藝列車》，另有一九五〇年十一月由師範等五人創辦的《野風》。乍看起來，黨辦、軍辦的雜誌有強大的經濟能力做支撐，可這種雜誌充滿了反共八股，讀者不愛看。受眾最喜歡讀的是民營雜誌，尤其是一九五四年創辦的《皇冠》。

從語言層面上看，有一九二四年五月發行的日語刊物《文藝》，有一九三四年十一月創辦的中日文並用的《臺灣文藝》，有一九九七年創辦的用英文寫作的《臺灣文學英譯叢刊》，於一九三〇年六月創辦的用中文爲表達工具的《伍人報》，有一九九八年十二月問世的方言刊物《島鄉臺語文學》，有以二〇二〇年一月創辦的以客家話爲主的《文學客家》。

臺灣文學雜誌，有綜合性、專業性之分。如一九六〇年十一月創辦的《作品》，內容有各種文體及評論、座談等，在文體方面做到了百花齊放。專業性的雜誌，即只限某一種文體的有一九八八年創辦的《小說族》、一九九一年六月創辦的《兒童文學家》，一九五六年四月創辦的《南北笛》、一九六八年一月創辦的《噴泉》、一九七五年五月問世的《草根》、一九七九年一月創辦的《掌門》等詩刊。

臺灣的文學雜誌有發稿酬與「卻酬」之別。公辦刊物大部分有稿費，符合反共抗俄主旋律的還重獎。一九五五年，臺灣國民全年所得平均爲臺幣三二九六元，而「中華文藝獎金委員會」徵獎長篇小說第一名的獎金爲一萬二千元，相當於四位老百姓全年的收入。這其實不是什麼「稿酬」，而是一種「政治紅利」。可民辦的雜誌大部分沒有稿酬，如一九五四年創辦的《創世紀》，稿約中有差不多成爲「經典」名句這一條：「本刊係由一群詩人共同集資經營，純然是一支沒有薪餉的隊伍，暫無稿酬。」這一

「暫」，就是整整半個世紀。但也有個別不知名的詩刊，在經營好轉時會發放微薄的稿酬，這只是暫時現象。

臺灣的文學雜誌，不像大陸有「中央級」與「地方級」之分。如二十年代「臺灣民報系」雜誌鼓吹新文化運動，其地位儘管有「中央級」的成分，但從不以「中央」自居。一九四四年五月創辦的《臺灣文藝》所宣揚的強烈日本認同傾向，也不是「地方級」期刊所能辦到的。臺灣幾乎沒有刊物自稱「中央」，但有一些期刊，由於是某一集團的喉舌或派別的發言人，在引導文藝思潮方面，這類刊物起到了位居「中央」的地步。如不在臺北政治文化中心而在南部於一九八二年一月創辦的《文學界》、於一九九一年十二月面世的《文學臺灣》，其言論和創作均代表了「本土派」文學集團的利益和主張，不妨視為彭瑞金所主張的「南方文學」（註一）中央一級的刊物。

二　臺灣文學雜誌在現代社會有多種功能

1　為讀者提供精神食糧，從期刊中得到愉快和休息

在商業社會，人們都為生存忙碌奔波。當忙完以後，很需要放鬆：不僅從物質上，而且從精神上希望有人提供心靈休養的場所。創刊於一九五九年十月的《亞洲文學》，其宗旨為「調劑人們的生活」。一九八四年十一月創辦的《聯合文學》的宗旨也是如此：在科技功利及經濟掛帥的形勢下，通過文學的感染和薰陶，提升人們的心靈水準，不被銅臭所污染。它不像有些同仁刊物，為實現自己的文學理想和

主張而努力，而是將「精緻文學生活化，推廣到社會大眾層面。這是一件具開拓性的工作。」（註二）《INK印刻文學生活誌》也有面向大眾的「過日子」的專欄設計。

2　為政戰服務

一九四〇年一月出版的《文藝臺灣》，是一種「決戰文學」，也就是「皇民文學」，為日本大東亞戰爭製造輿論。到了九十年代，臺灣社會開始變為選舉社會，於一九八二年七月創辦的《文訊》雜誌，於一九九五年適時地製作過「宋楚瑜、黃大洲、吳敦義的文化理念與實踐」專輯。有的雜誌則為建立臺灣的主體性、獨立性服務，如一九六四年創辦的《笠》詩刊於一九八七年六月提出「寧愛臺灣草笠，不戴中國皇冠」的口號。二〇〇一年七月創辦的《臺灣文學評論》，其性質老作家廖清秀一語道破：「傾臺獨言論（因執筆者多為主張臺灣獨立，在受他們影響的作家）」。（註三）作為該刊資深作者的廖清秀本人，亦主張「臺灣與大陸一邊一國」（註四）。

3　為鼓吹新興的文藝思潮服務

一九三二年創辦的《南音》，鼓吹使用臺灣話文，為此設有「臺灣話文嘗試欄」。一九三三年，在東京創辦的《福爾摩沙》，不似《南音》鼓吹現實主義，而是標榜浪漫主義。戒嚴期間，一九六〇年三月由白先勇主辦的《現代文學》，高舉現代主義旗幟，而不似一九八二年四月尉天聰創辦的《文季》，主張走現實主義道路。一九七四年一月創辦的《秋水》詩刊，則揭起唯美主義的旗幟。

4 爲發表優秀作品提供園地

期刊給了作家提供創作的「實驗室」，在「實驗室」方面，楊逵主編的《臺灣新文學》，發表了一些用「東亞」的漢文形構成的日語創作的小說。在發表優秀作品方面，張文環於一九四一年五月創辦的《臺灣文學》，發表過許多優秀作品，如張氏本人的〈夜猿〉、〈閹雞〉，呂赫若的〈財子壽〉，楊逵的〈無醫村〉。再如一九七二年六月臺灣大學外文系創辦的《中外文學》連載的王文興長篇小說〈家變〉，後來成了臺灣文學三十部文學經典之一。

5 爲作者與讀者之間架設橋樑

如一九七二年，《中外文學》專門開設「中外信箱」，讓讀者投書發表對現代詩的看法。又如一九八〇年《書評書目》，就趙滋蕃關於開放三十年代文藝問題召開過讀者座談會。

6 彌補書籍、報紙的局限

出版文學作品需要一定的知名度和經濟基礎，文學雜誌刊登作品不存在這個問題。發表小說、新詩，可以是「素人」，作爲文藝青年，他們發表作品也不需要版面費，唯一缺陷是經常沒有稿酬。此外，報紙副刊無法容納五千字以上的稿件，而雜誌可以一次性登完長篇，如鍾肇政翻譯的日本作家安部公房的〈沙丘之女〉，在林海音主編的《純文學》第四期一次刊完。此外報紙膜拜讀者，以他們的趣味爲主，而文學雜誌可以我行我素，典型的有多次更名但不改其初衷的《文季》。

7 爲培養文藝新軍服務

《野風》發現了於梨華、郭良蕙等新人。《皇冠》雜誌發現的新人有家喻戶曉的瓊瑤、三毛等女性作家。一九六九年七月俞允平主編的《文藝月刊》，讓當時還未成名的李瑞騰寫專欄。

8 爲文學論爭提供平臺

如一九三二年創辦的《南音》，發表了不少文人對以漢字表現臺語試驗的不同看法。《中外文學》一九九五年爲「三陳（陳昭瑛、陳芳明、陳映眞）會戰」即本土化運動問題提供陣地。「雙陳（陳映眞、陳芳明）大戰」則在一九九九年《聯合文學》上轟轟烈烈地展開。《新地文學》亦於二〇一五年六月，爲馬森、隱地如何評價《世界華文新文學史》所發生的「私人戰爭」提供篇幅。（註五）

以上八種功能，爲政戰服務已少見，爲消費者提高生活品質，爲新作品提供發表園地的功能在不斷增加。

注釋

一　彭瑞金：〈南方文學〉，《臺灣日報》，一九九七年五月十一日。

二　方榕之：〈現階段文學雜誌的經營〉，臺北：《文訊》雜誌，一九八六年第十二期，頁一〇四。

三　廖清秀：〈《臺灣文學評論》停刊有感最後任務〉，《臺灣文學評論》第十二卷第三期（二〇一二年七月），頁一七〇。

四　廖清秀：〈《臺灣文學評論》停刊有感最後任務〉，《臺灣文學評論》第十二卷第三期（二〇一二年七月），頁一七〇。

五　馬　森：〈致《新地文學》總編輯函〉，《新地文學》，二〇一五年六月。

第一章　日據時期的文學期刊

第一節　初試啼聲的《臺灣文藝叢刊》

香港文學最早的期刊是哪一家，眾說紛紜，而臺灣文學不存在這個情況。大家公認，最早的並非白話文的臺灣文學刊物是《臺灣文藝叢刊》（誕生於一九一九年元旦，由臺灣文社主辦）。臺灣新文學運動一九二〇年才誕生，因而這份「叢刊」不屬新文學範疇，但的確是臺灣本土第一本漢文雜誌。

「叢刊」籌備過程：一九一八年九月二十日，清水的鰲西詩社與中臺地區的櫟社，借清水街源順號的伯仲樓，舉行兩個詩社聯吟大會，會後成爲理事、名譽社員的蔡惠如、林幼春在會上提議：爲維持漢文地位，應成立文學社團，後於同年十月十九日開始籌備「文社」。據〈臺灣日日新報〉報導：

> 中部某有志者等，爲廣聯同好研究漢文起見，近倡設一社，稱曰臺灣文社，並擬發刊文藝叢誌。募集詩文揭於誌上，以頒布於一般志願入社之社員及購書讀者等。

一九一八年十二月中旬，臺灣文社正式舉行成立大會，出席者均爲櫟社同人：傅錫祺、蔡惠如、林幼春、林子瑾、鄭汝南、林獻堂、陳聯玉、陳懷澄、林載釗、陳滄玉、陳基六、莊伊若等十二人。其社址居然不在臺北而是在臺中，這是今天讀者難以想像的。大會通過臨時的〈臺灣文社規則〉後，決定於新年來臨之際即一九一九年元旦發行臺灣文社機關刊物，其目的爲：

探求經史之精奧，發爲文學之光華，不特維持漢學於不墜，抑且發揚而光大之。

一九一九年十月十九日正式通過鼓吹文明，研究文章詩詞，互動學者聲氣的〈臺灣文社規則〉。這裡說的「文明」，是指摒棄一切舊習氣，建立文明新秩序。

文藝創作要繁榮，必須有媒體的推動。這份刊物推動方法之一是從事文學交流，這就難怪這份刊物，與光緒二十八年由臺北的臺灣文藝社創辦的以俳句爲主的《臺灣文藝》，名同而內容不同，形式更不同。

《臺灣文藝叢刊》篇幅不小，厚達一百多頁，由鄭汝南擔任編輯兼發行人，最初是每月出一期，後來感到不能盡快反映創作態勢，便改爲旬刊，後又覺得必須保證質量，還是回到月刊。在編輯方針上，採取「新舊並存」、「文化調適」的措施。當時新文學運動還未發生，所謂「新」並不是指白話文，而是指有異於十分僵化的文言文，但這並不意味著反對漢詩的寫作以及舊的寫作技巧。該刊主要作者有林子瑾、陳錫如、張淑子、蔡子昭、魏潤菴等人。該刊也接受外稿，如崇文社的黃臥松等人就曾在該刊露臉。限於環境，「叢刊」不便於涉及政治，稿件只要與「文明」有關就可刊出。在還未脫離殖民統治的情況下，該刊採用的稿件堅持用漢文而不要日文，這點十分難能可貴。

在欄目設計上，《臺灣文藝叢刊》有文壇動態、本社徵詩、別社來稿，還有諧著、譯文，可見這是一個開放的刊物。值得注意的是，該刊還特闢「小說」專欄，而佚詩舊文則作爲附錄出現，這在當時來說，是夠前衛的了。

文學期刊的發行必須爭取讀者，爲此「叢刊」還刊登科普常識，另有詩作、雜文、議論文，詩作方面有〈陶村詩稿〉、〈靜遠堂詩抄〉、〈無悶草堂詩抄〉，還有〈鐵峰詩話〉這種筆記式文章，該刊也不拒絕。關於學術論文方面，主要有〈支那近代文學一斑〉、〈中華之哲學〉、〈支那文學史概論〉。

由於是民辦刊物，經費主要來自文人即名譽社員的捐款，其中有四位各捐了三百圓。一旦這種捐款哪怕少到十圓仍極少時，該刊便難以爲繼。不過，就從該刊能堅持七年來看，這份初試啼聲的臺灣首份漢文雜誌第一號刊登署名「鷗」的〈可怕的沉默〉，有可能是臺灣新文學史上的第一篇臺灣小說。（註一）正如柯喬文在談到這份雜誌的價值時所說：「除保存文獻的價值，對於傳統的保存與重估、萬國知識的掌握與推介、史地敘事的視野與教育……有著深刻的意義。」（註二）

第二節　連雅堂主持的《臺灣詩薈》

《臺灣詩薈》創辦於一九二四年，到一九二五年十月停辦，由連雅堂主編並兼任發行人，總共出版了二十二冊。連氏在序中云：

> 臺灣詩學於今爲盛，文運之延，賴此一線。

這就是說該刊是詩壇繁榮的產物。創辦目的是爲了更好地推動文學運動的發展。

自日本竊據臺灣之後，西風往臺島勁吹，以發揚中華文化傳統爲己任的漢學受到極大的衝擊，傳統文化的立足之地由此日益縮小。爲抵制這股潮流，連雅堂在該刊五號〈餘墨〉提及刊行「詩薈」的兩大目的：

一以振興現代之文學，一以保存舊時之遺書。

這裡提出「現代文學」的概念，在當時來說具有前瞻性。連雅堂認爲「學術尙新，文章尙舊」，旗幟不那麼鮮明，有折衷之意。連雅堂畢竟不是張我軍那樣的激進文學家，他深知口號過於超前，讀者會難以接受，因而他取這種一碗水端平的策略。其中「尙新」，是指有新思想、新觀點；「尙舊」，是指用舊瓶裝新酒，也就是說不反對使用文言文。這就難怪「詩薈」不獨沽一味，而是團結不同派別的人「薈」合在連氏大旗之下。又由於連雅堂深知理論對創作的指導作用，故他不僅重視詩作，還刊登學術文章，如連雅堂自己的〈臺灣詩乘〉、洪棄生的〈寄鶴齋詩話〉。乍看起來，這些詩話不系統，其實有不少吉光片羽。

作爲傳統文人的連雅堂，他懂得保存和整理文化遺產的重要性，故該刊重視文學史料整理，並選登一些重要的文學論著，這比起「雜錄」、「謎拾」、「餘墨」更有學術價值。

作爲一名愛國主義者，連雅堂對鄭成功收復臺灣十分敬佩，故《臺灣詩薈》在史料整理方面處處突出鄭成功，如鄭成功的〈與日本幕府書〉、〈再與日本幕府書〉、〈報父書〉、〈與荷蘭守將書〉。該刊不僅有「文存」，而且還有「傳記」，如黃宗羲的〈賜姓始末〉。連雅堂也親自操刀，撰有〈延平祠記〉。此外，還有〈鄭氏故物〉、〈劉國軒碑〉、〈釋華佑遺書〉等資料，對人們瞭解明鄭歷史文化提供了難得的資料。

詩社的興起，標誌著文學盛世的來臨。《臺灣詩薈》出刊時，詩社已達七十多個。爲適應這種形勢，「詩薈」選登了這方面的資料，如〈臺灣詩社記〉、〈櫟社提名碑記〉、〈臺灣詩社大會記〉，這些紀實文學還有「騷壇記事」中的文章，對改變「臺灣有詩卻無史」的局面，很有助益。

書信，是一種溫柔的藝術。它不同於作品，寫信者常常沒有任何顧慮，放言高論文壇是非，爲此，「詩薈」設有「尺牘」一欄，連雅堂本人在一九二四至一九二五年間與文朋詩友的往來書信，便在此欄刊出，這充分體現了連雅堂整理文學史料的自覺。

以詩爲主的《臺灣詩薈》，也刊登小說，如第三號雅棠〈鯤鹿拾聞〉、第五號千尺〈拳師述遇〉、第六號嵌樵〈野史叢談〉、第七號千尺〈碧桃女子〉。這些小說是通俗文學，多根據民間傳說寫成。

《臺灣詩薈》另一特色是重視臺日交流，刊登了不少臺灣人與日本人互爲唱和的詩作。

《臺灣詩薈》在文學史上的地位，最重要的是保留了大量的文學史料，爲後人寫臺灣詩史及文學史做了充分的準備。總之，正如吳毓琪所說：「這份刊物正是連雅堂在新、舊文化交鋒之際，選擇了兼容並蓄的文化路線代表著。」（註三）

第三節　最早的白話文文學雜誌《人人》

臺灣人最早辦的非「叢刊」文學雜誌，可能是一九二四年五月刊行的《文藝》。這本日文雜誌，由林進發任發行人。可惜此雜誌並未流傳下來。能流傳下來的，是由器人（江夢筆）、楊雲萍於一九二五年三月創刊於臺北的《人人》，主編則由與賴和、張我軍並列爲臺灣新文學開創期「三傑」之一的楊雲萍出任。

一九二四年，臺灣新文學奠基人張我軍在《臺灣民報》等處發表了一系列抨擊舊文學、提倡新文學的文章，器人和楊雲萍讀後大受鼓舞，出於把這種摧枯拉朽的文章化爲具體行動的目的，創辦了《人人》。爲什麼用此刊名，江夢筆在發刊詞中做了說明：

> 文藝比較武藝的價值，不可同日語了。但是現在的文藝，多屬美感的之裝飾文藝，不是理感的之實用文藝，致使文藝之力微微。《人人》這個雜誌，是要發揮文藝的價值，行文藝的使命。所以卷號題作人人，薄有理想的之文藝的意義存在其間，唯以地球是人人共有爲信條，而以這《人人》雜誌是人人共有權的雜誌。

即是說，刊名是指文學不是只屬貴族的，它屬平民百姓，人人都可共享。爲此，該刊注重文學的社會作用，反對故弄玄虛、不切實際的文章。用文藝啓蒙大眾，進而改造社會，是《人人》的辦刊宗旨。在版式上，《人人》是所謂「四六倍版」，即長約十二寸、寬約八寸的刊物。創刊號的〈發刊詞〉和封面占了一頁，目錄也是一頁，全刊總共十二頁。儘管不夠厚重，但仍不愧爲臺灣新文學史上第一本發行的白話文雜誌。

在新文學運動剛發生的二十年代成長的楊雲萍，畢業於臺北一中。在這個條件較好的學校，他讀到了不少中國「五．四」運動尤其是新文學運動的信息及作品。江夢筆在某種意義上來說是他的「助手」。楊雲萍之所以選他合作，是因爲江夢筆有大陸經驗，認爲大陸的白話文運動聲勢浩大，完全可以引進過來。在這種風氣的感染下，他也嘗試白話文的寫作。楊雲萍對此也有深刻的認知。他提倡新文學，並非不懂舊文學，而是因爲「舊文學沒有什麼存在的價值」。（註四）故兩人一拍即合，把推廣白話文當成自己的使命。作爲具有私人性的媒介，創刊號由器人和楊雲萍兩人合作「演出」。沒有外稿，缺乏公眾性，體裁卻多樣，有新詩、散文、評論。於一九二五年十二月三十一日出版的第二期在篇幅上減少了四頁，可「麻雀雖小，五臟俱全」，含有小說、散文、新詩、評論、隨筆。此外，還留有初創期的痕跡，登了一些古典詩文，使刊物的內容也更爲豐富。具體說來，《人人》有署名雲萍的〈卷頭辭〉、〈編輯雜記〉，另有雲萍的新詩〈夜雨〉、〈無題〉、〈泉水〉、〈暮日的車中〉、〈小詩幾首〉，還有短章「廣東遊記」片段。以牧童爲筆名的柯文質發表的是評論〈文學近考〉，以賴莫庵筆名的賴富貴發表的是〈莫庵偶言〉這樣的隨筆。新詩占主要部分，作者有以縱橫爲筆名的鄭作衡，以鶴瘦爲筆名的肖東岳，以啓文爲筆名的黃瀛豹，以一郎爲筆名的張我軍，另有翁澤生、梨生、江肖梅、鄭嶺秋。從這個意義上來講，第二期不妨視爲詩專號。最值得重視的是張我軍的〈亂都之戀〉，這是臺灣新文學史上的第一本白話詩集，《人人》將其稱爲「可愛的金玉之聲」，大力向廣大讀者推薦。這本詩集太長，不可能全部刊出，《人人》只選登了七首，占了全書的一半，其史料價值不必多言。

當時的白話文還處在探索路上，由私人性走向公眾性的《人人》能取得這種成績，令人欣喜。其中以議論見長的器人發表的〈論覺悟是人類上進的機會接線〉，認爲生產再加上創造與發明，人類才有進步的可能。當然，「覺悟」即思想上的先進比「製造」更爲重要。這篇議論文，以啓蒙色彩爲人知曉。

至於楊雲萍的〈小鳥兒〉，是寓言詩，也可視爲流暢的白話散文。作品寫小鳥被人捕捉後關在籠子裡，那裡雖然有主人準備好的清冽的涼水和可口的果子，但畢竟失去了自由，只好掙扎著逃離，逃離失敗後認命，將籠子視爲所謂的天堂。此文帶有象徵性，即寫殖民地人民在統治者的淫威下無法得到解脫的痛苦，可謂寓意深遠。

《人人》出刊第二期時，江夢筆離開臺灣到上海去了，故這一期無法成爲創刊號所標舉的「器人雲萍個人雜誌」。楊雲萍這時不再唱獨角戲而廣泛約稿，作者有「鶴瘦」即肖東岳、「肖梅」即江肖梅。值得重視的是，新竹地區的鄭作衡等人在當地組成「白話詩研究會」，其研究對象是大陸的胡適。這種研究，有利於兩岸文學交流。

《人人》的創辦，對促進臺灣新文學向前發展，尤其是改變新詩多爲具有中國經驗的留學生所做，而本土詩人甚少的狀況有莫大的作用。（註五）

一九二五年十月出版的《七音聯彈》，是繼《人人》之後的白話文雜誌，但其影響比《人人》小。

第四節　葉榮鍾等人創辦的《南音》

在文學發展進程中，臺灣的文學雜誌受到兩種傳統的影響：一是中國文學遺留的文人辦刊傳統，二是臺灣媒介中「文藝欄」的繼承。後者如一九三一年十二月發行、作爲「文藝欄」延續的白話文雜誌《曉鐘》，可惜只出了三期。

一九三一年秋天，由莊遂性、葉榮鍾、郭秋生、黃春成發起，邀集賴和、張煥圭、張聘三、許文逵、周定山、洪炎秋、陳逢源、吳春霖等人籌組南音文藝雜誌社。一九三二年元旦發行創刊於臺北的《南音》，同年五月移至中部發行，第九、十號合併發刊，第十二號被禁止發行後停刊。這個刊物創辦時，有人起名爲「雜菜麵」，林幼春認爲此刊名會被人認爲是「食品店」，且有悖創辦的嚴肅宗旨，因而改爲「南音」，意即「南國之音」。

黃春成作爲發行人，深知刊物籌辦的不容易，他透露這份雜誌之所以能問世，葉榮鍾功不可沒，是通過他認識了郭秋生。郭氏不是一般的文人，係當年臺北名氣不小的江山樓飯館的老闆。他熱愛鄉土，喜歡文學，主張寫作要有鄉土色彩，最好使用老百姓喜聞樂見的地方話。這種「臺灣話文」，也就是用漢字將臺灣土話轉化爲文字。當時《臺灣新民報》還有《臺灣新聞》開設過「漢文欄」，這正彌補了缺乏爭鳴氣氛的不足。黃春成與郭秋生看法一致。爲了吸收更多的作者前來討論，覺得很有必要自創一個平臺。後來便聯絡到觀點相近的文人辦刊，作爲「南音社」的喉舌《南音》雜誌，就這樣誕生了。

雖然這份雜誌的具體內容事先來不及仔細的設計，但大家一致認爲：這應是一份有相當水準的文藝期刊，它和泛文化雜誌保持距離。這是自由討論的園地，誰也不能一錘定音，此刊的特色表現在由自治主義形塑爲社會主義思想。

從創刊到第六號由黃春成爲發行人兼編輯，後由張星建接手。〈發刊辭〉由刊物的靈魂人物葉榮鍾撰寫，其中云：「希望《南音》做有思想知識的交換機關，盡一點微力於文藝的啓蒙運動」，「貢獻於我『臺灣的思想，文藝的進展』爲兩大使命。」該刊努力超越意識形態，除發表隨筆外，還有新詩和小說。三十年代發生的臺灣話文論戰以此刊爲基地展開，僅第一卷第一號就有黃石輝〈替臺灣文學說好話〉，敬的〈臺灣話文討論欄〉，負人的〈臺灣話文雜駁：鄉土文學與臺灣話改造論，說幾條臺灣話文的基礎工作給大家作參考〉，郭秋生則發表了〈臺灣話的文字化〉。可見，《南音》是臺灣文藝論戰、理論與文學思潮引進寶島的重要陣地。葉榮鍾不止一次在卷頭言中提倡文藝大眾化，他還接連發表〈「第三文學」提倡〉、〈再論「第三文學」〉。作為《南音》理論家的葉榮鍾，反對有些人只會排列馬克思、列寧的詞句，然後抄一些經濟恐慌主義第三期新名詞。這種寫法當時經常看到，這只是普羅文學的表面文章。真正的左翼文學應該立腳在全集團的特性，去描述現在的臺灣人全體共通的生活、感情、要求解放。這種「第三文學」，使人想起三十年代魯迅批評過的「第三種人」。從左翼分裂出來提出新的不偏不倚的口號，也不失為一家之言。

《南音》的發行所不在臺北而是位在於臺中的「中央書局」，另有全島各地的分銷點包括臺北的文化書局、嘉義的蘭記書局、豐原的彬彬書局、高雄的振文書局、屏東的黎明書店、臺南的崇文堂。《南音》所繼承的是《臺灣青年》現代啓蒙傳統。創刊號上有一首署名「慕」的新詩：

> 悠揚嘹亮／南國之音／這聲響我願它來；
> 喚醒那民眾的大夢沉沉／我願它能夠鼓舞起；
> 大眾跪向新時代底雄心。

如果說《文藝》、《人人》、《先發部隊》、《第一線》這些文學刊物偏重於北部，那《南音》偏重於中部，是它改變了文學生態結構。不僅如此，它比過去的文學雜誌壽命長，且組稿範圍廣，篇幅上也有突破，發行管道包括北、中、南等地，還不止一次舉辦小說、戲曲、春聯、詩歌的徵文活動。正如葉石濤所說：這是「臺灣文學史上最有分量的一本文藝雜誌。」其作者有傳統文人，也有新文學作家。他們立足於本土，也不忘記引進西方文學的作品和思潮。「它比一九二〇年代普遍崇拜現代啓蒙、無批判地接收殖民現代性的風尚，有更深一層的在地智慧。」（註六）

第五節　臺灣文藝聯盟創辦的《臺灣文藝》

一九〇二年四月十五日，有一本村上玉吉主編、以俳句爲主的《臺灣文藝》，此刊還有流行的日文廣告小說。其所謂「臺灣文藝」云云，與今日讀者的理解大相徑庭。日據時期還有皇民奉公會主持的同名刊物《臺灣文藝》，與一九三四年十一月五日由臺灣文藝聯盟創辦、張星建任發行人的又一同名雜誌創作導向完全不同。

一九三四年五月六日，在熱心人士張深切、賴明弘等人的呼籲下，經過多方面的協商，終於在臺中舉行了有史以來第一次全島文藝大會。這是民辦的會議，不會有什麼官方人士宣布文藝政策的講話。不過，沒有官員出席，不等於不過問此事。日本警察在背後瞪大眼睛監視著臺灣文人，生怕他們借開會之舉密謀造反。由於全島文藝大會是純文藝性的，故官方的監視有如把重拳擊在棉花上，於是會議照樣舉行，組織照樣誕生。這個跨地區的全島性文藝組織係由多數人同意的組成的團體，而不是由上而下之形態結合而成，委員當然不可能是任命而是選舉產生，其中北部有黃純青、黃得時、林克夫、廖毓文、吳逸生、趙櫪馬、徐瓊二等人；南部有郭水潭、蔡秋桐等人；中部有賴慶、賴明弘、賴和、何集璧、張深切等人。德高望重的「新文學之父」賴和被推舉爲常務委員長，可他謙虛，一再推辭，後由張深切當選。想做實事的張氏深感各報社出於市場考慮不太願意刊登文學作品，以致使人有「臺灣無作家」之嘆（註七），因而文人應有自己的發展平臺，於是創辦了漢文與日文各一半作爲「文聯」機關刊物的《臺灣文藝》。

在中南部得到多數文人支持的「文聯」誕生之前，各地區也有自己的組織和刊物，如發行《南音》的彰化的南音社、發行《福爾摩沙》的東京臺灣藝術研究會。除發行《先發部隊》外，還有《第一線》的臺北臺灣文藝協會。但各地區組織缺乏登高一呼的人物，直至「文聯」成立，這些組織才結束各自爲戰的局面。

在《臺灣文藝》創刊之前，有《新民報》在刊登文學作品（註八）。可他們標榜質重於量，寧願割捨島內作品而盡可能轉載大陸作品爲能事。張深切反對這種重中輕臺的傾向。《臺灣文藝》的主辦人及骨幹成員，均有左翼背景，故該刊不走小眾路線，而主張文藝大眾化，認爲作家應走出象牙塔到民間去，到廣闊的鄉野去。寫的作品不應有洋味，而應有泥土味。像點人就主張小說必須通俗易懂，不妨將論文小說化，以便更多讀者的接受。

發展不分內臺人之綜合路線的《臺灣文藝》，作者陣容強大，幾乎將本地精英作者網羅了過來，如中文小說創作者有林越峰、楊華、王詩琅，用日文寫小說的有吳希聖、張文環、翁鬧，新詩作者有郭水潭、楊華、林精繆等人，評論方面有劉捷、楊逵、張星建等人。至於張深切和吳天賞，所寫的是藝術評論，與上述的文學評論正好互補。

由於對「文藝大眾化」各人理解有異和立場不同，再加上文人相輕，故導致左翼文藝陣營的分裂。分裂的一方以張深切爲代表，他認爲應將「大眾」解讀爲具有反封建意味的民眾、平民，主張建構臺灣風土路線，這是右翼的思考；楊逵則將「大眾」解讀爲具有反資本主義意味的無產階級，主張建構臺灣社會主義路線，這是左翼的主張。（註九）這種路線之爭，誰也不服誰，導致「文聯」分家。一九三五年，楊逵從「文聯」出走，另起爐灶，創辦新的文學刊物《臺灣新文學》。這個刊物由民族性後來轉向政治性，由政治性又轉向爲純文學路線。與他人相比，無論是楊逵辦的《臺灣新文學》，還是張文環主持的《臺灣文學》，在作者隊伍和發表優秀作品方面均旗鼓相當。不過，兩刊還是比不上《臺灣文藝》影響大。至於《臺灣文藝》在一九三六年八月走進歷史，主要不是因爲楊逵的分庭抗禮，而是左右兩翼的共同敵人——日本殖民者的壓迫。《臺灣文藝》雖然只維持了兩年，正如趙勳達所說，它畢竟是日據時期由臺灣本地人創辦的文學期刊中，是「壽命最長、登場作家最多，對於文化上影響最爲深遠的雜誌。」（註一〇）

第六節　楊逵主編的《臺灣新文學》

葉石濤認爲，二十世紀三十年代臺灣新文學從生根發芽到走向成熟，其中最重要的標誌是文學園地如雨後春筍般出現，計有《南音》、《福爾摩沙》、《先發部隊》、《第一線》、《臺灣文藝》、《臺灣新文學》。

這裡講的《臺灣新文學》，係中日文並用，由楊逵於一九三五年十二月二十八日創辦於臺中，爲雙月刊，歷時一年半，出至第十四期即一九三七年六月後畫上休止符，另有不定期的附刊《新文學月報》，一九三六年二月六日開始發行，同年三月二日出版第二號，共兩期。

楊逵在一九三五年十一月成立了「臺灣新文學社」，其宗旨為建立「統一戰線的舞臺」和「文藝大眾化的世界」。該刊的骨幹作者與《臺灣文藝》重疊的不少，但也有人不為《臺灣新文學》撰稿。在該刊常出現的作家有張深切、張星建、劉捷、江文也、吳天賞、吳鴻燭、吳坤煌、郭一舟（明昆）、陳臥薪（夢湘）、蘇維熊、巫永福、陳澄波、楊佐三郎、顏水龍、曾石火、崔承喜等人。經常撰稿的只有呂赫若、翁鬧、吳新榮、陳垂映（陳瑞榮）、王登山、郭水潭、葉向榮、林精鏐、莊培初、李泰國、黃寶桃、英文夫（英文子）、張文環、漂舟等人。「文聯」東京支部成員張文環之所以與楊逵保持友好往來，是因為他不願看到文壇的分裂，所以持中立的態度，讓兩邊文友都認可他。臺灣當時有兩個創作群體，一是鹽分地帶作家群，二是臺南藝術俱樂部，這兩股勢力均站在楊逵這一邊。

強調「為了臺灣的作家和讀者，我們迫切需要能夠反映臺灣現實的文學機關雜誌」的《臺灣新文學》，和《臺灣文藝》是勢均力敵的刊物。在篇幅上看，兩刊每期均一百頁左右。在中文日文的雙語寫作方面，《臺灣新文學》並沒有新到只要中文不要日文，而是兩者並行。在殖民地高壓政策下，中文寫作不被重視，《臺灣新文學》一直想把這種局面扭轉過來，以致在第一卷推出「漢文創作特輯」，這就踩了當局的紅線，被臺灣總督府查禁。在特輯方面，《臺灣新文學》在第一卷第八號推出「高爾基特輯」，以及第一卷第九號上有王詩琅的〈悼魯迅〉與黃得時〈大文豪魯迅逝〉，這無不表現出《臺灣新文學》對世界級的左翼文學家的景仰與不捨。

《臺灣新文學》之所以在臺灣文學史上有一定的地位，是因為它與《臺灣文藝》不同，有鮮明的民族意識，還因為主辦者視野不局限在本土，而是重視國際文化交流。對日本、朝鮮的左翼作家和俄國的高爾基，以及中國大陸的魯迅，均不惜篇幅強力推薦。此外，它發表了不少重要作家的作品，據趙勳達的統計，日文小說方面有楊逵的〈水牛〉、〈田園小景〉、〈頑童伐鬼記〉，藍紅綠的〈邁向紳士之道〉，賴明弘的〈夏〉、〈魔力〉、〈結婚男人的悲哀〉，吳濁流的〈水月〉、〈泥沼中的紅鯉魚〉、〈歸兮自然〉，張文環的〈重荷〉、〈豬的生產〉，翁鬧的〈羅漢腳〉、〈天亮前的戀愛故事〉，陳瑞榮的〈失蹤〉，陳華培的〈王萬之妻〉、〈豚祭〉，呂赫若的〈行末手記〉、〈逃跑的男人〉，還有日本作家英文夫的〈生存〉、〈曙光〉，佐賀久男的〈鞋〉、〈盲目〉、〈出奔〉等。日文新詩方面則有吳新榮的〈疾馳的別墅〉、〈農民之歌〉、〈混亂期的終末〉、〈自畫像〉，郭水潭的〈蓮霧之花〉，林精鏐的〈在原野上看到的煙囪〉、〈夏之歌〉，葉向榮的〈鐵匠〉，李張瑞的〈輓歌〉、〈這個家〉，王火科的〈失業苦言〉，李朝英的〈古老的鎮〉等。在日本作家方面，藤野雄士的〈夜半正對面的屋子傳來〉也是不錯的佳作。（註一一）

《臺灣新文學》出現了這麼多日人作家的作品，尤其是創刊號「對臺灣新文學期待」特輯中，日本左翼作家就多達十六位，以致使人懷疑該刊爲日本重要刊物《文學評論》以及《文學案內》在臺灣的代理人。也有人認爲，楊逵和葉陶一起創辦《臺灣新文學》，是爲了另立山頭，樹自己的權威，破壞了文學發展的團結。其實，不能過分評價《臺灣新文學》創辦的負作用。文壇有分歧、有競爭，是很正常的事。堅持社會現實主義路線的楊逵，強調臺灣人的中華民族性，他在新文學社代銷了許多左翼書刊如臺灣民間文學集，該刊還引爆關於作爲中國「殖民地文學」的討論，這有利於活躍文壇氣氛，有利於文學發展的多樣化。

總之，這份刊物其成就超過《臺灣文藝》，它和《南音》、《福爾摩沙》、《先發部隊》、《第一線》、《臺灣文藝》等文學期刊，見證了光復前臺灣新文學發展的成熟期。尤其從多元主義走向國際主

義的《臺灣新文學》，在提倡漢文創作、重視民間文學、發揚鄉土色彩、實現藝術大眾化等方面，將永遠載入史冊。（註一二）

第七節　西川滿主持的《文藝臺灣》

一九三九年九月九日，由日本在臺作家西川滿、北原政吉策畫，在臺北市成立了臺灣詩人協會，成員有西川滿、池田敏雄、中山侑、新垣宏一及臺灣籍的郭水潭、楊雲萍、吳新榮、邱炳南、黃得時、龍瑛宗等三十三人。

一九三九年十二月一日，作爲日本詩人與日據下的臺灣詩人「共謀」的臺灣詩人協會，有在臺的日本作家收編臺灣本地詩人的企圖。西川滿這種企圖及後來的所作所爲，遭到以工藤好美爲首的學院派、以田中保男爲代表的臺中派、以中山侑爲代表的《臺灣文學》雜誌派的抵制。西川滿隱蔽自己的預設立場而力排眾議，讓「協會」朝著浪漫和唯美方向發展。該會創辦了機關雜誌《華麗島》詩刊，由西川滿擔任發行人，北原政吉爲執行編輯。這個多爲詩作的雜誌只出一期就停刊了。在日據時期的臺灣文學史上，《華麗島》影響並不大，但它是西川滿後來聯合各領域文藝家的「臺灣文藝家協會」與《文藝臺灣》所推行的一種符合日本標準的殖民地文學的過渡性嘗試。西川滿當然不甘心《華麗島》的失敗，於一九三九年底在臺灣詩人協會的基礎上正式成立包括各種體裁作家的臺灣文藝家協會，於一九四〇年元旦又創辦了雙月發行的機關雜誌《文藝臺灣》。

一九四二年十二月二十五日出版的第五卷第三期《文藝臺灣》，發表了矢野峰人〈臺灣文學的黎明〉的文章，認爲臺灣文學「是屬於地方性存在的本島的文學，如今因獲中央的承認而成爲日本的一份子」（註一三）。由此可見這雜誌的政治取向。該刊出自第二卷第一號後，因「臺灣文藝家協會」改組，《文藝臺灣》改由「文藝臺灣社」發行，故可將《文藝臺灣》分爲「臺灣文藝家協會」機關雜誌時期、「文藝臺灣社」同人雜誌兩個時期，前後風格也不一樣。該社還在國內天津和國外東京設有分社。此雜誌不按中國傳統習慣稱作「臺灣文藝」，這啓發了一九九一年年底在南部創辦以師法日本文學爲宗旨之一的《文學臺灣》的刊名。

《文藝臺灣》以詩歌作品爲主，出版時間與《華麗島》接近。在這個意義上，《文藝臺灣》不妨看作是《華麗島》第二期。沒有創刊詞的《文藝臺灣》，由所謂「感性作家」（註一四）西川滿身兼主編和發行人。創刊之初，他打出「南方文化」旗號，企圖以此提升臺灣文學的水平。該刊重視翻譯，曾刊載島田謹二譯介的法國文學評論、金關丈夫的西洋名著解說等。楊雲萍則充分利用其所長，發表了古典考據方面的文章。

以「異國情調」和「藝術至上主義」爲編輯方針的《文藝臺灣》，不能用純文學標準去要求它。既然叫《文藝臺灣》，故該刊不忽視藝術，除刊登文學創作外，還有民俗、繪畫，甚至裝訂藝術也在該刊出現。文學方面，日方的作家有西川滿、矢野峰人、島田謹二、金關丈夫、長崎浩、池田敏雄、高橋比呂美、北原政吉、前島信次、中島俊男、濱田隼雄、新垣宏一、河野慶彥等。此外，還有皇民作家周金波、陳火泉等。另有臺灣作家龍瑛宗、楊雲萍、黃得時、葉石濤等。在該刊發表影響大的作品有小說〈赤嵌記〉、〈采硫記〉、〈臺灣縱橫鐵道〉（西川滿），〈南方移民村〉（濱田隼雄），〈水癌〉、〈志願兵〉（周金波），〈道〉（陳火泉）。（註五）

為推動文學創作，一九四一年元旦出版的《文藝臺灣》還設有「文學賞」。「賞」即「獎」，這是臺灣文壇首次出現的新鮮事物。設賞的目的：「我等生於臺灣、熱愛臺灣，冀臺灣文化之健全發展，茲設立文藝臺灣賞，以表資助建設臺灣新文學之微衷……乞本島文學者自奮，以文學實踐臣道，樹立在臺灣之日本南方文學。」把臺灣文學算作「日本南方文學」，這是典型的文化侵略。由於「南方文學」發展迅速，後來乾脆改稱「樹立在臺灣之皇民文學」。「賞」的評審者沒有臺灣作家，都是日本人，如島田謹二、矢野峰人。此「賞」一共舉行了兩屆，首屆得獎者為周金波的小說〈志願兵〉，還有川合三良的作品。第二屆新詩得獎作者為長崎浩，小說方面得獎者有新垣宏一。

不滿日本主流文學之灰暗的西川滿，離開東京文壇到臺灣感到如魚得水。為交流文學動態，《文藝臺灣》自第二卷第四號開始，均由西川滿得意地撰寫「某月消息」的編輯後記，以及報導雜誌同仁近況的「社報」。至於「東京通信」、「大陸通信」、「諸家芳信」等專欄也不時刊出。在特輯方面，按照張文薰的歸類，大體上可分為三類：

第一類以臺灣鄉土采風及民俗藝術為特色，如「新版臺北風物圖繪」（第二卷第五號）、「臺南特輯」（第三卷第二號）、「島民劇特輯」（第三卷第五號）、「藏書票特輯」（第三卷第六號）；

第二類為文藝創作取向，如「短篇小說特輯」（第三卷第四號）、「新人小說特輯號」（第四卷第四號）、「現代臺灣詩集」（第四卷第五號）、「評論特輯」（第五卷第一號）；

第三類為因應戰爭局勢、呼應時局而設，如「大東亞戰爭詩集」（第五卷第二號）、「大東亞文學者大會特輯」（第五卷第三號）、「臺灣決戰文學會議特輯」（第七卷第二號）。（註一五）最值得注意的是第三類。這些無不標榜「大東亞」的專輯，充分說明這是爲「皇民文學」張目的刊物，這就是所謂「南方文化」的實質，其提升臺灣文學水準云云，充其量是提升到「皇民文學」的水準。

該刊於一九四四年元旦停刊，共出三十八期。

第八節 張文環主編的《臺灣文學》

張文環（一九〇九～一九七八年），臺灣嘉義人。爲小說家、雜誌編輯家。他積極參加社會運動，還擔任過飯店經理，曾用名張健次郎。一九三三年，他與王白淵等人創辦臺灣藝術研究會。一九三五年初，臺灣文藝聯盟東京支部成立時，張文環爲骨幹成員。一九三五年，張文環以小說〈父之顏〉參加《中央公論》徵文，獲得佳作獎，從此奠定了他在文壇的地位。也是這一年回到臺灣，翻譯徐坤泉的流行小說《可愛的仇人》，並在臺灣映畫株式會社工作，又在《風月報》譯文欄做過很短時間的編輯。一九三九年十二月加盟臺灣文藝家協會，但參加活動不多。一九四〇年創作了異色敘事長詩〈山茶花〉。一九四一年五月二十七日，和陳逸松等人成立「啓文社」，他們的目標是企圖使臺灣成爲南方基地的文化重鎮，於是發行了《臺灣文學》。

這本雜誌的誕生，是因爲很多人認爲臺灣沒有文學。如果有，也是府縣志的藝文志之類的零星記載。還因爲張文環不滿日人在臺作家西川滿包辦《文藝臺灣》，不容納異議的聲音。《臺灣文學》原是

「啓文社」的機關刊物，後改爲「臺灣文學社」發行。這種民辦刊物不可能得到官方也不可能得到財團的資助，但有熱心人王井泉、陳逸松、張清港願意捐款。該刊從創刊號至第二卷第三號由蔣渭川的日光堂代理，後改由清水書店代理銷售業務，在其他地方也有代理網點，中部地區的負責人爲張星建，南部地區由吳新榮代理。

爲反抗殖民體制和堅守現實主義路線的張文環，多次參加文化運動的歷練使其組織能力特別強。他不僅集合了日本的左翼文人工藤好美、中村哲和臺灣普羅作家楊逵，還將《文藝臺灣》的龍瑛宗、楊雲萍吸引過來。憑藉個人魅力，他還得到《民俗臺灣》金關丈夫、池田敏雄、稻田尹以及在臺北帝國大學任教的瀧田貞治，廣播局的中山侑，《臺灣新聞》的田中保男，北斗小學校的坂口䙥子等人的認同。最值得重視的是，該刊不滿用皇民化觀點寫的作品，還不滿「皇民化劇運動方興未艾」的說法。在創作方面，張文環本人的〈夜猿〉、〈閹雞〉，呂赫若的〈財子壽〉，楊逵的〈無醫村〉，這都均是日據時期臺灣文壇上的佳作。

《臺灣文學》以文學爲主，可雄心勃勃的張文環不滿足於此，還與藝術界的林摶秋、王井泉、呂泉生過從甚密，後來一起成立了「厚生演劇研究會」。而臺灣民俗研究會的陳澄波、楊三郎等人，還用自己的作品義賣，以供雜誌營運。

作爲戰時出版的刊物《臺灣文學》，與《文藝臺灣》在客觀上存在著競爭關係，中島利郎曾問西川滿：「《文藝臺灣》日本人多，作品既浪漫又藝術」，「《臺灣文學》臺灣人多，作品多半很寫實。」這不同的發展方向，用垂水千惠的話來說：「兩大雜誌的戰國時代從此開始」。（註一六）僅一九四一年九月發行的《文藝臺灣》，在大量刊登志願兵小說時，還發表島田謹二的評論〈據臺戰役中的戰爭文學〉。可同年九月發行的《臺灣文學》第一卷第二號不但沒有「特輯」，連一篇描寫戰爭的小說也沒有。在發行上，《臺灣文學》發行三千冊，而《文藝臺灣》則發行一千冊。（註一七）這兩個刊物的不同發展方向共同「開創了臺灣的日本文學的盛世」。（註一八）各方均爭取日本人的支持。正像《文藝臺灣》受到帝大教授島田謹二強有力的支持外，《臺灣文學》不甘示弱，也有不少上述所說的在臺日本作家的支持。在創作風格上，張文環沒有複製《文藝臺灣》，而是強調質樸寫實的風格和鮮明的鄉土色彩。爲維護鄉土色彩，該刊回應濱田隼雄與西川滿的指控，於一九四三年七月出版的《臺灣文學》刊登了署名「伊東亮」即楊逵的重要論文〈擁護糞現實主義〉。

張文環不是聖人，有時候他也會做出某種妥協，如一九四一年六月出任皇民奉公會臺北州參議，在皇民奉公會也擔任過不同的職務。一九四二年他被點名前往東京參加首屆「大東亞文學者大會」，並發表應景文章〈臺灣決戰文學會議決議〉。注意鬥爭策略的他，時柔時剛，把自己預設的立場隱藏起來，對《文藝臺灣》稱臺灣文壇爲「外地文學」的主張和爲藝術而藝術的觀點，暗中進行解構。

《臺灣文學》有龐大的作者群和涉及國際交流的人脈。爲此，七七事變前的臺灣文藝運動沒有中斷。爲貫徹「爲人生的藝術」的方針，他仿效前人的做法創立「臺灣文學賞」，以鼓舞新人，進一步提高臺灣文學的創作水平。

視野開闊的張文環，不滿足於現當代文學資料的整理，還關注明鄭、清朝以降的臺灣人的文學活動實踐，孕育了一套以臺灣漢人爲核心的文學史觀。這方面的論述有黃得時的〈臺灣文壇建設論〉、〈晚近的臺灣文學運動史〉、〈臺灣文學史序說〉。一九四三年，「臺灣文學之父」賴和去世，該刊推出追悼特輯。

張文環深知創作和評論是建設文壇的兩翼，因而在推出黃得時等人高質量的論文同時，《臺灣文學》還發表了一系列知名作家的作品，如呂赫若的〈財子壽〉、龍瑛宗的〈蓮霧的庭院〉、王昶雄的〈奔流〉、坂口䙥子的〈百香果〉。

一九四三年，和日本文壇有淵源的張文環，被日本在臺作家視爲競爭對手，以致成爲眼中釘，故《臺灣文學》不可能長壽，只有三年多的歷史。這是「日據時期臺灣人創辦的最後一個現代文藝雜誌，也是一九四〇年代本土文化界中最具號召力與影響力的發聲臺。」（註一九）其歷史意義的確不可低估，正如柳書琴所說，作爲一九四三年糞現實主義論戰的重要舞臺，不怕戰爭期間言論的控制和紙張的縮減，「《臺灣文學》艱辛維繫著臺灣文化的主體性和現實主義文藝的批判傳統，有不可抹殺的貢獻。」（註二〇）

第九節　皇民奉公會的《臺灣文藝》

一九四三年四月二十九日，爲適合戰時文藝體系，「臺灣文藝家協會」改組爲皇民奉公會中央本部的二級機構——臺灣文學奉公會。這是一個從文化上協助日本人侵略臺灣的文藝組織，是將文藝改造爲由軍方導部、總督府情報課、日本文學報國會臺灣支部聯合主宰的一元化體制。

《臺灣文藝》的性質，可從一九四四年五月一日出版的創刊號〈卷頭語〉看出：「要將大東亞的文學、文化、還原爲其本原有的姿態，在與英美文化的鬥爭裡，將東洋的大生命呈現在當今世界上。」（註二一）此外，兩位日本作家的言論亦可看出這一點，如：編委矢野峰人表示：「此雜誌的將來全部依靠居住於本島的文學者的雙肩。只要是熱衷於文學報國之念者，不單單是思想上，也在文章方面必須自覺具有指導大眾之使命。」另一位編委西川滿也表示：「我們同志披瀝作爲文臣之至誠，非樹立不滅的勤皇文學不可。」西川滿用「文臣」稱作家，一副奴隸總管的面孔昭然若揭。

西川滿是代表日本在文學上的發言人，是典型的文壇霸主。他憑著日軍侵華勢力作後盾而成爲文壇指揮官。一九四四年四月中旬，臺灣皇民奉公會舉辦決戰大會。在會上，西川滿提出「撤廢結社」的主張，說什麼爲節約紙張和人力，必須把所有的報章雜誌獻給皇民奉公會，其他刊物都得停止發行。作爲弱勢群體的《臺灣文學》，張文環只好聽命接受整編，爲了掩人耳目，西川滿把張文環拉入《臺灣文藝》新體制，但這只是聊備一格而已。

就這樣，新的《臺灣文藝》在決戰背景下，在志願兵制度、軍夫軍眷勞務奉公團及皇民化運動影響下，於一九四四年五月問世。這個新刊物編委會除上述張文環是臺灣籍外，其餘五人全是日本人：矢野峰人、小山捨月、竹村猛、長崎浩、西川滿。

這是一份強調「文藝報國使命」、服務於大東亞戰爭的帶官方性質的刊物。《臺灣文藝》從創刊宗旨到該刊多回製作的呼應殖民統治者政策的「特輯」可見一斑。具體來說，第一卷第二號出版〈臺灣文學者總崛起〉。這裡講的「總崛起」，其實是以偏概全，還有一些不滿「聖戰」的作家，並未一同崛起。此外，該刊第一卷第四號的〈派遣作家的感想〉和第一卷第六號的〈獻給神風特別攻擊機隊〉，連題目都帶有濃烈的政治意味乃至火藥味。「特輯」中的文章，是典型的文藝爲決戰服務的產物。這個專號作者多爲日本人，其文體有詩，另有占了兩頁具有短兵相接性質的「辻小說」，即迷你短篇特輯。其中葉石濤在一九四四年十月出版的第一卷第六號《臺灣文藝》上，發表有極短篇〈米機敗走〉。這「米機」也就是美國飛機。葉氏寫作此文時只有十九歲，有人說他寫的是皇民文學，彭瑞金則否認了這種說法。（註二二）所謂皇民文學，公式化嚴重，不管是寫軍伕還是寫志願兵，總是描寫「違反父母意願的女子和男子相愛，而男子後來成了軍人，頑固的雙親為年輕人的報國之心而受感動，同意兒女的婚事」之類的情節。

當然，這些日本人也不是鐵板一塊。作為發行負責人的矢野，被封為皇民奉公會的常務理事，同時是西川滿進入文壇的恩師，而擔任編輯兼發行人的長崎浩，不是一般的文學家或西川滿的普通朋友，而是在總督府情報課任要職。來自《臺灣文學》陣營的某些作家如竹村猛、小山捨月卻無顯赫背景，他們所寫的文藝評論看的人不多。至於張文環這種具有「特別」身分的人，他身在曹營心在漢，顯得有點勢單力薄。

不是同人刊物的《臺灣文藝》，對以往的文學雜誌仍有繼承性，如原來在《文藝臺灣》連載的濱田隼雄的長篇小說〈草創〉，因雜誌停刊便由《臺灣文藝》繼續連載。西川滿本人的〈臺灣縱貫鐵道〉，也在《臺灣文藝》創刊後開始繼續刊出。這類作品於一九四四年和一九四五年初結集為《決戰臺灣小說集》乾之卷與坤之卷。

日本軍國主義者雖然不懂文學，但其御用文人懂得深入生活的重要性，曾派《臺灣文藝》六位日本作家深入基層，讓他們將所見所聞寫成作品。另有七位臺灣作家即張文環、呂赫若、楊雲萍、楊逵、龍瑛宗、周金波以及改名為高山凡石的陳火泉，也被派往基層，其後來寫作的作品多刊登在《臺灣文藝》以及《旬刊臺新》和《臺灣時報》。

葉石濤曾說：「沒有皇民文學，全是抗議文學」，（註二三）其實具有濃烈日本認同的《決戰臺灣小說集》，有些作品就屬皇民文學。

日據時期的不少文藝刊物均是先有社團後有刊物，如先有臺灣藝術研究會後才有《福爾摩沙》，先有臺灣文藝聯盟後有《臺灣文藝》，戰爭期間先有「臺灣文學奉公會」然後才有《臺灣文藝》。儘管奉公會的《臺灣文藝》在提供發表園地上做了些工作，但不能改變這是一本鼓吹「決戰文學」也就是皇民文學雜誌的性質。

作爲日據時期臺灣最後一本文藝雜誌，《臺灣文藝》於一九四五年一月停辦，共出八期。

注釋

一　向　陽：〈文學雜誌與臺灣新文學發展——以日治時期臺灣文學雜誌爲觀察場域〉，《文訊》二〇〇三年七月號，頁十一。

二　封德屏主編：《臺灣文學期刊史導論（一九一〇～一九四九）》（臺南市：臺灣文學館，二〇一二年十二月），頁十九，本文吸取了此書的成果。

三　封德屏主編：《臺灣文學期刊史導論（一九一〇～一九四九）》（臺南市：臺灣文學館，二〇一二年十二月），頁二十五，本文吸取了「導論」的成果。

四　楊雲萍：〈《人人》雜誌創刊前後〉，《臺北文物》第三卷第二號，頁五十一。

五　參看封德屏主編：《臺灣文學期刊史導論（一九一〇～一九四九）》（臺南市：臺灣文學館，二〇一二年十二月），頁二十九。

六　柳書琴：〈本土、現代、純文學、主體建構——日據時期臺灣新文學雜誌〉，《文訊》二〇〇三年七月，頁二十一。

七　劉　捷等：〈《臺灣文藝》北部同好者座談會〉，載《臺灣文藝》第二卷第二期（一九三五年二月一日）。

八　劉　捷等：〈《臺灣文藝》北部同好者座談會〉，載《臺灣文藝》第二卷第二期（一九三五年二月一日）。

九　封德屏主編：《臺灣文學期刊史導論》（臺南市：臺灣文學館出版，二〇一二年十二月），頁六十一。

一〇　封德屏主編：《臺灣文學期刊史導論》（臺南市：臺灣文學館出版，二〇一二年十二月），頁六十二。

一一　參看趙勳達：《《臺灣新文學》（一九三五～一九三七）定位及其抵殖民精神研究》（臺南市：臺南市立圖書館，二〇〇六年十二月），頁一三二。

一二　參看趙勳達：《《臺灣新文學》（一九三五～一九三七）定位及其抵殖民精神研究》（臺南市：臺南市立圖書館，二〇〇六年十二月），頁一三二，本節吸收了此書的研究成果。

一三　《文藝臺灣》第五卷第三期（一九四二年十二月二十五日）。

一四　龍瑛宗：〈《文藝臺灣》作家論〉，載《臺灣文藝》第一卷第五期（一九四〇年十月一日）。

一五　封德屏主編：《臺灣文學期刊史導論（一九一〇～一九四九）》（臺南市：臺灣文學館，二〇一二年十二月），頁八十九。

一六 垂水千惠著，涂翠花譯：《臺灣的日本語文學》（臺北市：前衛出版社，一九九八年二月），頁二十五。

一七 垂水千惠著，涂翠花譯：《臺灣的日本語文學》（臺北市：前衛出版社，一九九八年二月），頁二十六。

一八 垂水千惠著，涂翠花譯：《臺灣的日本語文學》（臺北市：前衛出版社，一九九八年二月），頁二十六。

一九 柳書琴：〈本土、現代、純文學、主題建構——日據時期臺灣新文學雜誌〉，《文訊》二〇〇三年七月號，頁二十五。

二〇 柳書琴主編：《日治時期臺灣現代文學辭典》（臺北市：聯經出版事業公司，二〇一九年六月），頁四三二。

二一 《文藝臺灣》編輯部：〈《文藝臺灣》卷頭語〉，《文藝臺灣》第五卷第三期（一九四二年十二月二十五日）。

二二 彭瑞金：〈《米機敗走》之夢〉，《文學臺灣》第一一九期（二〇二一年秋季號），頁二十六。

二三 葉石濤：《臺灣文學的悲情》（高雄市：派色文化出版社，一九九〇年），頁一一二。

第二章　光復後的文學期刊

第一節　楊逵的《臺灣文學叢刊》

作爲行動派的文學家，楊逵總是不忘記創辦刊物。繼一九三五年十二月創辦《臺灣新文學》後，又在光復初期即一九四五年九月一日主辦了《一陽週報》。此報先是油印，到該年年底改爲鉛印。雖然也登文學作品，但不是文學刊物，其內容多爲政論，介紹孫中山及其三民主義篇幅最大。眞正稱得上文學刊物的是一九四八年八月十日發行、封面大書「臺灣文學」四字的《臺灣文學叢刊》。楊逵雖然主張臺灣文學是中國文學的一部分，但不認爲是普通的一部分，而是有強烈地域色彩的鄉土文學。該版權頁署名爲「臺灣文學叢刊」。左翼刊物均喜歡用版畫做封面，「叢刊」也是如此，其作者爲日本著名版畫家石鐵臣，發行人爲「臺灣省旅外同鄉互助會」常務理事張歐坤。這個張歐坤雖然生平資料甚少，但可以確定他是楊逵的摯友。一九四七～一九四八年間，楊逵爲臺北市東華書局策畫了「中國文藝叢書」，再次讓他擔任發行人。《臺灣文學叢刊》的發行所爲臺灣文學社，擔任總經銷業務的是平民出版社。這個出版社也是楊逵本人創立的，其宗旨是「推廣平民文學，提升大眾知識水平」。爲了節省開支，楊逵一人包辦了主編兼發行，並以生意人的面孔出現，推銷各方業務。經費來源爲全部出資的張歐坤。爲了改善刊物的發行環境，該刊還登了許多廣告，其中一個廣告是楊逵以前參加農民組合的戰友劉啓光，此人棄農從商，成了華南銀行董事長。

《臺灣文學叢刊》不是原創期刊，稿件多為轉載。其作者（含外省作家）有楊逵、守愚（楊松茂）、王錦江（王詩琅）、俞若欽、鄭重、廖漢臣、葉石濤、章仕開、洪野、鴻賡、歐坦生、陳濤、呂訴上、楊啓東、林曙光、愁桐（蔡秋桐）、朱實（朱商彝）、張紅夢（張彥勳）、揚風（楊靜明）、黃榮燦、史明（吳新榮），以及譯者蕭荻等二十二位作家。

「叢刊」的取稿標準為反映臺灣現實，表現臺灣人民的生活感情和思想動向，文體以報告文學和生活特寫為主。該刊明確表示「歌功頌德，無病呻吟，空洞夢幻的美文不用」。

《臺灣文學叢刊》第一輯刊登小說九篇，新詩四首，外加評論二篇。此外還有含漫畫題詞的歌謠八首，總計二十三篇。增加文藝通訊專欄的第二輯，發表文化消息以及與生活報告有關的短文及短評。楊逵不願固步自封搞小圈子，有意廣泛聯繫文藝界的各方人士，以獲得更多的信息和刊登多樣化的作品。對有爭議的作品，楊逵也力排眾議刊出，如一九三六年六月出版的《臺灣新文學》，登出了被他人反對刊登筆名為藍紅綠的小說。

《臺灣文學叢刊》本省的作家包括主編本人在內有十二位：呂訴上、葉石濤、林曙光、蔡秋桐等。該刊創辦是為了和「倡導民族文藝運動，促進三民主義文化建設」的官方文藝政策唱反調。楊逵認為官方壟斷文藝作風浮躁，使人失望，他呼籲展開眞正的腳踏實地的文學運動，重建臺灣新文學的道路。為此，他不分省籍，不分世代，讓不同背景的左翼作家實現「自主、民主」的文學主張。主張重構臺灣歷史的楊逵，不承認臺灣人都被奴化的指控，其作品再現了臺灣社會的眞實，並不忘記批判貪腐政權。在語言上，「叢刊」除登載大量的北京白話文作品外，並刊登臺灣話文與日文翻譯成中文的作品，以說明臺灣文學是多層次、多面貌而非處於單打一的封閉狀態。在臺灣話文方面，有收集「自民間的〈農村曲〉、廖漢臣的〈臺灣民主歌〉中羅列的詩句，以及楊逵新作的歌謠與漫畫題詞；張紅夢的〈葬列〉和楊逵的〈模範村〉，原作則是以日文爲創作工具。民間歌謠和民謠體制的臺灣話文創作，甚至包括獨特的地方用語及所承載的生活經驗，明顯標記出臺灣社會底層的族群文化。」（註一）

第二節　潘壘主編的《寶島文藝》

《寶島文藝》於一九四九年十月創刊，創辦者爲潘壘。此刊本應歸爲戒嚴初期的刊物，因其具有承先啓後的作用，故放在光復初期論述。

潘壘（一九二六～二〇一七年），原名潘磊，廣東合浦人，在越南海防出生。一九四二年，潘壘投筆從戎，參加遠征軍，轉戰印度、緬甸等地，曾任中尉。戰後退伍到有「冒險家樂園」之稱的上海，後在位於鎮江的江蘇醫學院肄業。一九四九年從上海到臺灣，開始以煮字療饑維生。在創辦雜誌的同時，潘壘還創辦了寶島文藝出版社，執導過〈落花時節〉等許多膾炙人口的電影。當然，潘壘的小說家身分更爲突出，他著有長篇小說《靜靜的恆河》（又名《恆河戀》）、《上等兵》、《地獄之南》，另在《野風》上連載過長篇小說《黑色地平線》。另還有「孽子三部曲」之一《魔鬼樹》，之二爲《變色龍》只完成了一部份，第三部未寫出。即使這樣，聯經出版公司爲潘壘出版了十七冊全集。

潘壘之所以創辦《寶島文藝》，是有感於臺灣文壇一片荒蕪。那時還沒有電視，國產電影也未步入正軌，臺灣出版的書刊寥寥無幾。當局因反攻大陸的政治訴求不准進口蘇聯書籍以及中國大陸作品，報攤上只好出售揭發黑幕這種獵奇式的雜誌。臺灣當然不是文化沙漠，但也不是一片綠洲，潘壘在這方面願做墾荒先鋒。他辦刊的一個重要目的，是滿足讀者精神生活的饑渴。既然刊物號稱「寶島」，那就得辦出「寶島」的氣派。這裡只說開本，潘壘在上海看到大陸雜誌辦得一點都不寒磣，於是他採用別人少用的十六開本。比起《野風》、《半月文藝》、《文藝創作》所採用的三十二開，《寶島文藝》堪稱早期的大型文藝刊物。在封面與扉頁的設計上，《寶島文藝》也顯得精美。一直到五十年代後半期，臺灣的不少雜誌才仿效潘壘，採用了不是小家子氣派的大開本。

潘壘是「外來戶」，在寶島生活時間也很短，但他與文壇的名家建立了聯繫。他向這些名家約稿，以增加刊物的光亮度。如第三年的第二期作者就有葛賢寧、王怡之、李辰冬、張秀亞、顧冬、藍婉秋、紀弦、劉心皇、達石、童鐘晉、季薇。除這期外，第三年的作者還有王藍、趙友培、高莫野、鍾雷、楊念慈、艾雯、陳其茂、徐鍾佩、王書川、鄧禹平、朱西甯、徐訏、吳若、公孫嬿……都是當時臺灣文壇的寫作名手。（註二）在文體上有詩、散文、小說、劇本，眞像一座大花園。

潘壘既注意名家，也不忽視新人。《寶島文藝》廣泛向社會徵稿，還辦過作家聯誼會。作爲一位敬業的編輯，潘壘每期都寫「編後記」。鑒於當時文壇雜誌的主編幾乎都是男士，投稿者看到編輯重視女作家來稿，便把筆名起得很香艷，如「編後記」一再提到的藍婉秋，其實是個大男人。

潘壘的生活經歷非常豐富，不但兩度上戰場，學過醫學，開過有名的金石店「石緣堂」，當過電影導演、編劇、片場老闆，也開過餐廳，做過流亡學生、流浪作家……（註三）他本身的這種經歷，就是寫作的最好題材。

雖然當過老闆，但潘壘並不太懂得刊物的銷售，加上不登廣告，出了第一期後就陷入了困境。說是月刊，其實是一個季度出一次，第三年一月份才出到第四期。不過，《寶島文藝》後來峰迴路轉，才成爲名副其實的雙月刊。像這種小眾化的雜誌，讀者市場本來就不大，因而虧損嚴重。潘壘爲了自己心愛的文學事業，用寫小說得來的稿酬補貼，這仍然無法挽救停刊的命運，《寶島文藝》出至第十二期就關門大吉。雜誌停辦後，潘壘原先的工作沒有著落，只好重操煮字療飢的生活，用了不少筆名，可稿費極少，以致經常餓著肚子，以致用香蕉果腹。

在臺灣當代文學期刊史上，作爲四十年代末和五十年代臺灣文壇的最初播種者潘壘創辦的《寶島文藝》，最大的功績是滿足了讀者的求知欲望，填補了光復初期文學雜誌的出版空白，在帶動臺灣文藝雜誌的發展上起到了火車頭的作用。

注釋

一　黃惠禎：〈楊逵與戰後初期臺灣新文學的重建——以《臺灣文學叢刊》爲中心的歷史考察〉，載《臺灣風物》第五十五卷第四期（二〇〇五年十二月），本文吸收了該文的成果。

二　黃　仁：〈《寶島文藝》與青年作家潘壘〉，《文訊》二〇〇三年七月號，頁一〇〇。

三　黃　仁：〈《寶島文藝》與青年作家潘壘〉，《文訊》二〇〇三年七月號，頁一〇一。

第三章　戒嚴時期的文學期刊（一）

第一節　程大城主編的《半月文藝》

在臺灣文藝期刊史上，以「半月」命名的雜誌只有程大城於一九五〇年五月創辦的《半月文藝》。比起月刊、季刊、半年刊乃至年刊的雜誌來，《半月文藝》的命名夠氣派，夠大膽。可惜沒有官方和財團支持的《半月文藝》，從一開始就不是如後來的《野風》半月一期，而是一個多月出一期，下面是應鳳凰統計的第一卷的出刊日期：

一　第一卷第一期——一九五〇年三月十六日
二　第一卷第二期——一九五〇年四月十日
三　第一卷第三期——一九五〇年五月三日
四　第一卷第四期——一九五〇年五月十九日
五　第一卷第五、六期——一九五〇年九月十五日（註一）

合刊號只能算一本，這五本雜誌花了半年時間才出完。

為什麼會名不副實呢？首先是因為人力。創辦者既是「老闆」，又是員工，身兼編輯、校對、會計、送貨等多種雜務。刊物一出來，程大城便熬夜將雜誌打包。發給外埠的書店，則雇來兩部三輪車，將上面堆滿的新出爐的一千多本雜誌往郵局寄。此外，是在書攤上零售，沿街七折寄賣。程大城的工作時間是朝九晚九，許多時候中午不吃飯。這種重體力活勞動，使得程大城每出一次雜誌就重感冒一次。其次是財力。創刊號是十六開本，三月初交給大華印刷廠，要上機器時，程「老闆」才發現少了一令半的白報紙，便找雄獅部隊的政治部主任借。創刊號的印刷費，據程大城自述，他將大陸隨身帶來的銀元、元寶，以及結婚的金飾、戒指等，變賣換來的。而且他付了八百元之後，剩下的三分之一印刷費，竟成了大問題，可賣的都賣了，不得已商請《掃蕩報》的同事曹志淵協助。程大城說：「他也就慷慨的將他自大陸帶來的銀元從床下的箱子裏摸出來，交給我便成新臺幣了。」（註二）

程大城人窮志不窮，一直想辦一份高水準、有獨特風格的雜誌，便請了許多名人出任該刊撰述委員：王平陵、易君左、尹雪曼、孫陵、陳紀瀅、馮放民、葛賢寧、趙友培、穆中南、謝冰瑩等十四位。

《半月文藝》一九五〇年十月出至第二卷時，五、六期仍爲合刊，其餘各期也是月刊。第三卷再次拖期，本應出五本或四本，卻只出了三本。別看這份刊物名不副實，其作者陣容卻甚爲可觀，如〈創作，創作，再創作〉作者陳紀瀅，是文藝界的二號人物。〈曹子建的心理分析〉作者李辰冬，是資深評論家。《雪萊的文學觀》譯者江森，也就是何欣，早在四十年代在大陸就有一定的知名度。

《半月文藝》十分重視本地文學新人的培養。在前三卷裏，詩歌登得最多的是後來成了《創世紀》詩刊創辦人的張德中（張默）。洛夫的〈囚徒之歌〉、蓉子的〈夜行〉，也在該刊「戰友園地」或「學生園地」中出現，其中後者有可能是作者的處女作。

《半月文藝》出至第四卷第一期後，程大城找到一份新職業：到臺灣師範學院附中教書，學生們得知老師的困境後，幫老師做捐款活動，使程大城辦刊有了新的經濟來源。從第四卷起，他成立了成員多達三千多位的「《半月文藝》之友服務部，」凡是「之友」訂閱均八折，還可參加該刊舉辦的活動。有了這些「之友」墊底後，從一九五三年元月起，程大城推出五本「《半月文藝》叢書。」

《半月文藝》不僅介紹歐美重要作家，而且十分重視本地作家的培養，如第四卷第三期有尉天驄的散文〈我的房東〉，第四卷第五期有段彩華的短篇〈隔〉。到了一九五二年第五卷，後來成了著名作家的司馬中原、朱西甯也分別帶著〈姜效康先生〉、〈禁食〉，憑藉《半月文藝》這個平臺登上文壇。

《半月文藝》發表的作品，可分爲四類：翻譯類、批評類、創作類、理論類。關於後者，程大城寫了不少，諸如〈評王藍的《藍與黑》〉、〈評孟瑤的《幾番風雨》〉、〈略論潘人木的小說〉等。

《半月文藝》停刊於一九五五年，共出版了十一卷，程大城則逝世於二〇一二年。

第二節　從《軍中文摘》到《新文藝》

如果說，《文藝創作》是黨辦的，那《新文藝》就是軍辦的。

五十年代，有一個強勁的軍中文藝運動。這個運動，於一九五〇年六月創辦了綜合性的《軍中文摘》。這是不對外發行的刊物，該刊在〈發刊詞〉中云：「純粹爲軍人服務，爲軍人打算的新型刊物。」開始時爲半月刊，從第三十一期起改爲月刊。

顧名思義，「文摘」不是發表文學創作的園地，而是從事反共文化的宣傳和灌輸，如〈羅素論共產主義的思想的錯誤〉、〈史達林主義爲什麼必敗？〉、〈共匪沒有入侵西藏的能力〉。另有科學知識介紹，文藝創作在該刊只是點綴。一九五一年五月出版的第三期則不同，該刊製作了「軍中文藝運動專號」，其中不少是政治性甚強的文藝短論，如胡偉克〈文藝到軍中去〉、馬星野〈文化到軍中去〉、鍾雷〈文藝怎樣走向軍中〉。這些連題目均大同小異的應景文章，是爲配合和呼應國防部總政治部提出的「文藝到軍中去」的號召。其中最引起重視的是以國防部總政治部署名的〈敬告文藝界人士書〉，其中云：

> 我們需要反共抗俄的文藝，其中廣泛包括小說、詩歌、曲譜、漫畫、和報告文學等等，我們期望在諸位強而有力的筆尖底下，刻畫出共匪的凶殘……。
>
> 我們期望文藝作品到軍中去，去鼓勵我們的忠貞戰友。
>
> 我們希望作家到軍中去，從戰鬥的生活中，覓取戰鬥作品的題材。
>
> 軍中無數愛好文藝的官兵，希望在各位作家的指導之下，共同辛勤灌溉一片無比龐大的軍中文藝園地。

這就難怪在一片荒蕪的文學園地上，最活躍的不是文人，而是武士。當時的創作者有一半來自部隊，這份公開信適應了軍中作家的需要，其關鍵詞是「戰鬥」。爲了更好地向敵人開火，軍中文藝也不排斥社會上的人士參與。當然戰鬥不能光憑宣言，因而「文摘」也積極推廣軍事知識。

在《軍中文摘》創刊兩周年時，編者進一步明確了方向：在傳授戰略戰術的同時，把戰鬥文藝放在重要位置。

《軍中文摘》發行三年多後，訂戶上升，篇幅擴大，從一九五三年十二月出至五十八期後便於一九五四年六月改名爲《軍中文藝》，由新中國出版社編輯出版，國防部總政治部印行。從一九五六年四月起，再次更名爲《革命文藝》，採用十六開本，開始向外徵稿。主編爲王文漪，在他執筆的〈創刊詞〉中，向讀者宣示與以往大同小異的辦刊宗旨。爲擴大讀者面，這時的發行不再限於軍隊，而向社會開放。在軍中文藝創作風氣濃厚的情況下，許多部隊文藝活動都圍繞著刊物進行。爲掩蓋其過於突出的革命性、戰鬥性，於是從一九六二年三月出版的第七十二期起，改爲《新文藝》，歷任主編有朱西甯、王璞、隱地。一九六六年九月該刊發表文學史料〈楊喚遺簡〉，自一九六七年六月刊完。一九六六年四月五日，在王璞主編期間發生過一次有驚無險的事件：《新文藝》出版「恭祝　總統當選連任特輯」，小說欄頭條刊出蔡文甫的作品〈豬狗同盟〉：郭明輝所養的母豬生了十八隻小豬，只有十二個奶頭，無法供全部小豬吸吮，鄰家母狗自動餵養小豬。在每月均由「警總」公布禁書目錄的年代，李姓保防官檢舉蔡文甫時稱：文中主角「郭明輝」係指「國民大會」，母豬生了十八隻小豬，是在影射「蔣總統」連任十八年。此案由「警總」查辦，治安人員紛紛出動在蔡文甫的服務單位調查其言行，個別軍中好友向其暗示案情嚴重，後經總政治部第二處副處長田原說情，國防部總政治部執行官王昇勉強同意「存查」時，仍表示該文污辱領袖不可饒恕。鑒於蔡文甫本人平時表現良好，與匪諜沒有任何牽連，才未追究蔡文甫的刑事責任，致使他未在柏楊之前進入綠島監獄，但由此取消蔡文甫參加第二屆國軍文藝大會的資格。

一九八七年六月，《新文藝》出至三二七期後停刊。王璞不編刊物後，謝絕一切贊助自費製作「作家影視錄像」，後於二〇一三年去世。隱地則主編《警備通訊》，後又主編爲預備軍人服務、由警總出版社出版的《青溪》。

第三節　師範等創辦的《野風》

臺灣戰後最早的三本文藝雜誌，除《寶島文藝》外，另有《半月文藝》、《野風》。在作家辦雜誌方面，從一九五〇年到一九五五年出版的《半月文藝》，都是程大城一個人包辦編輯、校對、跑印刷廠，《文壇》也是穆中南一人唱獨角戲，而《野風》的創辦者是由編輯臺灣糖業公司《臺糖通訊》的金文（孫鐵齋）、魯鈍（俞仰賢）、辛魚（刑鴻乾）、黃揚（楊蓮）與師範（施魯生）五個人。

創辦於一九五〇年十一月的《野風》，師範等人決心在文壇上吹起一股不同於「戰鬥」爲主旋律的「野風」。爲了讓讀者更好更快地看到該刊，決定半月出一期，絕不拖期，並決定了四個原則：

一　不約稿件。

二　凡稿件必須經過五個人閱讀，至少五分之三過半數通過才能刊出。

三　因爲不約稿，所以創刊時五個人都得拿出自己的文章，先做出版六期的打算。

四　如稿源或銷路不佳，則斷然停刊。

這四個原則，確定了辦刊制度。不約稿不等於封閉，他們不放棄爭取外稿，這可以改變五人既是編者又是作者的情況。自由來稿畢竟有一股清新氣息，有利於《野風》這個園地種植奇花異草。如徵集「你最難忘的一件事」這類題材的稿件，數字三千～五千字，要求有個人獨特色彩和故事感人。方莉夏投稿的短篇小說〈隕落〉，寫少女與男飛行員的愛情故事。作品結構完整，文字如行雲流水，沒有洪水般的情感泛濫，寫得含蓄有致。此文作者正是住在臺灣大學女生宿舍的於梨華。《野風》就這樣發掘出一位在文學史上留名的女作家。郭良蕙初登文壇也是一九五一年初，給《野風》署名「蕙」的短篇創作〈稚心〉。

《野風》第一期印了二千本，不到一星期全部售完，作爲五十年代和《半月文藝》相互敬重的刊物，它有自己的特色，其特色一是設有「婦女與家庭」專欄。一九五一年六月十六日刊登了郭良惠另一篇不是創作而是翻譯的〈當他有了外遇時〉。

當於梨華、郭良蕙這些新星在《野風》升起，也就是《野風》出至第十二期前卻自動休刊一個月。那時稿件如雪片般飛來，訂戶也越來越多，按道理應該再接再厲出版，可他們認爲該冷靜一段進行反思，爲的是更好前進。以後優質稿件的確增多，如收到了鄧禹平膾炙人口的短詩〈高山青〉。在五人小組主持的前四十期的作家陣容強大，有潘壘、墨人、張默、張拓蕪、丹扉、鄭愁予、白靈、葉笛、夏菁、歸人、浦尙、子節、江述凡、王鼇靈、勞影等好幾十位。

《野風》還有一個插曲：辦了一年半，那時勢頭甚好，可五位創辦人不再反思而做出交棒的驚人決定。之所以做出這樣令人不解把自己精心培育的孩子交給別人養，是因爲戒嚴令在作怪。本來這個刊物不趕時髦，不呼口號，堅持新潮與浪漫的風格，可這不符合當時戰鬥性第一乃至唯一的原則。誠如刊名所示，《野風》本有一種「野性」和「柔性」，而不是當局提倡的硬梆梆的「剛性」。官方作家朱西寧就曾發表文章抨擊《野風》沒有軍人的嚴肅，而弄得「油頭粉面」，指責雜誌的內容「俯拾皆是都市的罪惡豪華，買辦文明的炫耀，世紀末的頹廢狂癲」。（註三）這是來自個人的挑戰，更嚴重的是臺灣警備總司令部也在雞蛋裡挑骨頭，他們用放大鏡看到在「青年園地」裡，有人用書信的形式抱怨「戰爭貞是萬惡」，便懷疑這個「戰爭」是指國軍圍剿共匪的行動，這對政府正在積極推動的徵兵制度會造成負面影響，便由「警總」一位姓王的主任出面，將五人中最年長的主編金文，叫到他們的辦公地點進行訓誡。這可從國軍全面禁止軍人閱讀《野風》，凡訂了這份雜誌的連隊都要上繳可以反證。這種禁刊的警察行爲，造成《野風》的軍中讀者大量流失，銷量也減少了三分之一。（註四）

本來《野風》並不想理睬「警總」這一套，它有一種消極對抗反共抗俄的野性。但創辦者還是怕飛來橫禍，更重要的是「美好一仗已打過，成功不必在我」，只好集體辭職。他們退隱後，接班的田湜從四十一期到一五七期苦撐著，其任職年限之長超過前面的五個人。之所以敢接手這個燙手的山芋，是因爲田湜年輕，有熱情，有衝勁，也不太瞭解世道的險惡。只有二十三歲的他，並不知道辦刊的艱難。爲節省成本，他從一九五三年八月起不再半月出一期，而改爲一月一本。一九五四年十一月，田湜還將業務範圍擴展到境外，但由於香港不是書香社會，故銷售得不理想，綠蒂再次接手後，正碰上同類刊物的增加，在市場競爭下，《野風》於一九六五年二月出至第一九二期後吹起了熄燈號。

儘管《野風》不再吹了，停辦了，可很多人懷念它，因爲此刊個性鮮明：

很少有雜誌像《野風》。他的年代那麼古老，精神卻那麼年輕。
也很少有編者像《野風》，態度那麼開放，實質身分卻那麼保守。（註五）

第四節　張道藩任發行人的《文藝創作》

一九五〇年春，張道藩奉蔣介石的指令，於一九五〇年三月一日創設「中華文藝獎金委員會」，該「獎會」資助的文人多爲軍中作家，這些作家寫的多半是以時代的動亂、國難、兵燹爲寫作背景的「大兵文學」。

有人說國民黨只會用獎金包辦作家，而完全不重視文藝類雜誌的創辦，與事實不完全相符。僅一九五〇年，國營事業臺灣鐵路管理局創辦《暢流》（一九九一年停刊），中國石油公司同年創辦《拾穗》（一九八九年停刊），新聞處呂天行、行政院李季谷夫婦合辦《當代青年》（一九五五年停刊），臺灣師範學院附屬中學教師程敬扶（即程大城）創辦《半月文藝》（一九五五年停刊），《臺灣新生報》趙君豪和姚明合辦《自由談》（一九八九年停刊）。最值得重視的是，一九五一年五月四日出現以引導文壇走向爲反共抗俄指令服務的《文藝創作》。這個適應政治需要的刊物，在向臺灣省政府登記時，名爲《自由中國文藝創作》，後嫌刊名太長，只取後面的四個字。這份月刊的發行人是多年任立法院院長的張道藩。作爲「中華文藝獎金委員會」的機關刊物，前十多期登載的全是「文獎會」得獎作品，後來範圍擴大，非得獎作品也可以刊登，故除刊登未中獎的創作外，還登了不太可能中獎的文藝評論、外來翻譯理論以及各地文學資訊等。

該刊小說的作者，外省作家占壓倒優勢，如潘人木、梅遜、端木方、高陽、段彩華，詩歌方面主要作者有彭邦楨、紀弦、上官予、墨人、李莎。戲劇方面作者有高前、費嘯天、小魚等。評論方面有陳紀瀅、張道藩、王平陵、葛賢寧、李辰冬等。他們寫的作品幾乎看不到風花雪月，有的火藥味還很濃。刊物發表的小說不外是宣揚軍民的克難精神，或向中共抗爭，或表彰抗俄戰士的英勇行爲，這樣的作品有郭衣洞的《蝗蟲東南飛》、爲才的短篇小說〈失去陽光的日子〉、楊念慈的詩歌〈你們，三百名女兵〉、潘人木的短篇〈一念之差〉。除了這種殺聲隆隆的剿共作品外，也有遊子懷念大陸故鄉之作。至於本省作家，也有人向「文獎會」投稿，如年輕作家九龍（鍾肇政）寫的〈老人與山〉，描寫堅貞不屈的知識分子上山開荒的故事，有激勵鬥志的作用。

《文藝創作》常製作專輯，如「文藝論評專號」。最有史料價值的是一九五二年出版的三萬多字的「一年回顧專號」，執筆者均是權威人士，打頭文章爲張道藩的〈一年來自由中國的文藝發展〉，緊跟著是陳紀瀅的〈一年來自由中國的文藝創作〉，另有王聿均的〈一年來自由中國的詩歌〉、葛賢寧的〈一年來自由中國的小說〉。這類文章還包括藝術創作評論，如王紹清的〈一年來自由中國的電影發展〉、齊如山的〈一年來自由中國的平劇〉、呂訴上的〈一年來的臺灣地方劇〉、梁中銘的〈一年來自由中國的美術〉、李中和的〈一年來自由中國的音樂〉。該刊不滿足於這種分類評述，還增加了趙友培的〈自由中國文藝的新展望〉以及孫德芳的〈對自由中國音樂界的展望〉。這些文章連用了十一個「自由中國」，使人感到「自由中國文壇」的崛起簡直呼之欲出。這些論評的題材多半離不開貫徹蔣介石的〈民生主義育樂兩篇補述〉有關文藝的指示。該刊還出版過「菲律賓華僑文藝作家專號」。之所以選菲律賓而沒有選馬來亞，是因爲菲律賓是國民黨反共的後方基地，與中華民國有良好的外交關係。

基於時代的變遷和人事關係的調整，《文藝創作》先後擔任主編的有葛賢寧、胡一貫、王平陵。其中在六十一期後上任的主編虞君質，在欄目設計上有很大的改進，除社評外，還有小說、理論、詩歌、散文、詩詞選輯、書評、戲劇、木刻、青年習作及藝文動態等。

辦了六年爲「反共抗俄」文學制度效力的刊物，在勢頭正旺時出滿六十八期後突然停止，其停刊的原因按張道藩的說法是完成了發揚反共文藝的使命，還培養了不少文壇新秀，並刊登了許多符合創刊宗旨的作品，況且當時還有《幼獅文藝》、《新文藝》、《晨光》、《文藝月報》、《文壇》等刊物可供作家馳騁。其實停刊的原因最重要的是經濟問題。那時「文獎會」已經解散，作爲附屬物的《文藝創作》也就只好停擺。

這份雜誌的意義，正如黃怡菁所說：

> 比起當時許多半官方或民間的雜誌，《文藝創作》更能顯現國民黨控制文藝走向的意圖。作爲五十年代前期最重要的雜誌之一，《文藝創作》呈現國民黨官方提倡文藝的整體過程，由誓言奮起，經過轉化，到最後的改變，《文藝創作》不只是政治運作下的產物，更足以從中看出國民黨反共文藝與反共論述由繁榮走向衰敗的運作史。（註六）

第五節　穆中南創辦的《文壇》

在臺灣一邊寫長篇小說，一邊自費辦刊物的除潘壘外，還有一個筆名叫「穆穆」的穆中南。他比潘壘年長，懂得人情世故，不似潘壘與官方部門缺乏溝通的管道。當然，這與穆中南當過五十年代臺灣最大的半官方文藝組織「中國藝文協會」總幹事有關。

畢業於北平中國大學國學系的穆中南，到臺灣時正當中年。三十七歲的他，在《中國時報》的前身《徵信新聞報》工作過。當他看到光復後臺灣報紙只有《臺灣新生報》、《中央日報》、《中華日報》等少數幾份，直到軍方於一九五〇年創辦了《青年戰士報》後才有改觀，特別是以上報紙仿照「五．四」以來的傳統辦副刊，這是好事，但畢竟滿足不了讀者的需求。這樣就有了一九五二年六月，由穆中南創辦的《文壇》雜誌。這份刊物的刊名沒有政治色彩，遺憾的是，該刊在許多時候充當了政黨的傳聲筒，如官方發動的文化清潔運動和戰鬥文藝運動，《文壇》積極呼應。曾有人懷疑這是官方雜誌，其實是民辦雜誌。這種誤解的造成，和該刊請張道藩的得力幹將王藍當社長有關。在他的策畫下，《文壇》於一九五四年九月出至第三卷第一期時推出「文化清潔運動」專輯。王藍說：「文化清潔工作並未結束，而是剛剛開始。必將繼續獲得更大的成果，因爲這是一個良心運動，是一個愛國運動，是一個銳不可當的民主運動。」（註七）《文壇》十六開本，容量不小，一次竟刊出長達四萬多字的中篇或長篇小說，這讓人想到舊俄時代杜思妥也夫斯基所主持的《時代》這類雜誌。

作爲「中國文藝協會」總幹事的穆中南，他將《文壇》「私辦公用」，擬定了十二個題目，讓作者和讀者共同探討文藝如何成爲戰鬥的武器，並在第三卷第七期連載這些文章。他之所以提倡「戰鬥文藝」，是因爲他從「民間」觀點認爲「除三害」是一種消極行爲，不如提出高亢的口號，以統一思想、統一意志、統一行動。穆中南不僅高呼口號，還出版「戰鬥文藝叢書」。這種書刊官方喜歡，受眾卻不願意看火藥味甚濃的作品，導致讀者很少，廣告也爭取不到。不僅印刷費高昂，而且稿費的支出均成了大問題，勉強維持不到三年，《文壇》就在一九五六年落下帷幕。

穆中南不想就這樣灰溜溜的「逃走」，別出心裁想弄一個壯麗的告別，策畫用「特大號」的方式答謝讀者。為這「特大號」，他請來了朱嘯秋做「光榮的撤退」的助手。果然，這厚達一九〇頁、十六開本，刊登有二十四篇小說、十六篇散文、七位詩人的詩作，還有九篇評論和一部電影劇本的三千冊，立即被搶購一空。這一經驗又使穆中南覺得停刊可惜。過了十個月，《文壇》復刊時改名為《文壇季刊》，頁碼也有所增加。

走過二十七年尤其是在第二期發表過胡適重要文章的〈中國文藝復興．人的文學．自由的文學〉的《文壇》，木刻家朱嘯秋成了當之無愧的接班人。他不滿足於純文學，而注意增強知識性、生活性。然而這時畢竟不可能再回到「特大號」的風光時代，《文壇》只好於一九八五年十一月發行至第三〇二期後遷離臺灣。此刊還有大《文壇》和小《文壇》之分，小《文壇》是指一九五八年三月發行的小開本《文壇》月刊，出至一九六〇年四月停刊，共出二十七期。這個小《文壇》的誕生，和當時穆中南受國防部總政治部的委託，接收「中華文藝函授學校」之後設置了軍中文藝函授班有關。函授班的學員都成了該刊的基本訂戶。函授生有時多達六、七千人，所以《文壇》的黃金時代，是借助了國防部的東風，以致發行量有時超過了一萬。（註八）

這本存活二十多年的《文壇》，為臺灣文藝界提供了豐沃的園地，其時所有作家，沒有不曾與之結文字緣的。許多成名作家的處女作，均發表於這份刊物，並且更重要的是，「《文壇》建立起嚴肅的文學批評，也提升了創作水準，引進世界名著，持續地與海外文藝界聯繫與交流。而函授學校與軍中文藝函授班，也培育了不少作家，鼓吹了軍中文藝的風氣。」（註九）還要指出的是，並不「戰鬥」、曾在《文壇》刊登過長篇小說〈大壩〉、〈八角塔下〉的鍾肇政，為弘揚本土文化，擬出《臺灣作家選集》。沒有省籍情結的穆中南，於一九六五年紀念光復二十週年時幫他出了這本犯忌的書。為了不被

「警總」懷疑，「叢書」最後定名爲《本省作家作品選集》，以免被認爲原書名的「臺灣」是在與「中國」分庭抗禮。

《文壇》走進歷史後幾乎被人忘卻，但這確是當年光亮度很大的刊物。

第六節　隱地等主辦的《書評書目》

在七十年代，臺灣幾乎沒有像樣的文學評論刊物，就是有也是廣義而不是嚴格意義上的，如創刊於一九七二年九月一日、當年影響甚大，可現在看起來外表非常粗陋寒磣的《書評書目》。出滿一百期的《書評書目》，歷程有十年之久，正像《文訊》有中國國民黨文化工作委員會的支持一樣，《書評書目》也是靠屬國際牌電器集團的「洪建全教育文化基金會」作後盾，具體操作者爲簡靜惠。比起一九八三年十月創辦只支撐了兩年的《新書月刊》來，它算是長壽的了。

顧名思義，《書評書目》以刊登書評爲首選，與此配套的是刊登書目。書評部分，力戒學院派那一套，講求生動活潑。長篇大論固然好，評介和讀書隨筆也歡迎，只要愛書、嗜書、迷書，《書評書目》均歡迎「書蟲」們寫下讀書心得體會，以和他人共享讀書之樂。

該刊刊登的書評，不可能篇篇精彩，但至少做到言之有物，如創刊號沈謙以「思謙」筆名發表的〈關於書評〉、林柏燕發表的〈談黑澤明和他的電影〉，還有尉天驄發表的〈艷陽〉，不似高頭講章，但有眞知灼見。另有許多有關書的小品，如王鼎鈞的〈寫書、藏書、讀書〉、亮軒的〈一個讀書的故事〉、羅蘭的〈我的讀與寫〉、子敏的〈大街小巷都走走〉，尤其是琦君的〈三更有夢書當枕〉，此標題已成爲經典文句。

作爲廣義的文學評論刊物，《書評書目》評的書除小說、散文、新詩、傳記、報導文學外，還有關哲學、宗教、影戲的評論，但刊登最多的是與文學有關的書評。其中香港司馬長風的《中國新文學史》，在臺灣影響大，不少中文系學生幾乎達到人手一冊的地步，故該刊發表的評論不只一篇，如第四十期發表了趙聰的評論，第六十期又發表了黃理仁的書評。作爲臺灣第一本文學專題史的《臺灣新文學運動簡史》，葉石濤、鍾肇政對該書作者陳少廷的努力，也在《書評書目》上做出了肯定。

當代文學無疑是《書評書目》的重點，如龍寶麒〈中國現代文學的幾個問題〉，何欣〈論黃春明小說中的人物〉，陳森譯〈論姜貴小說的主題〉，林清玄〈黃春明．小說．黃春明〉，羅青〈俳諧論〉，紀弦、黃森峰〈《碾玉觀音》主題和技巧的分析〉，蕭蕭〈洪醒夫小說裡的一個象徵結構〉，黃武忠〈小說家的社會關懷：兼談子於《迷惑》與楊青矗《工廠女兒圈》之比較〉、張良澤〈鍾理和作品概述〉、林柏燕〈回顧《荻村傳》的農村背景〉等。

作爲隱地（一～四十九期）、陳秋坤（五十～五十六期）、王鴻仁（五十七～六十四期）、陳恆嘉（六十五～一百期）等主編的《書評書目》，編者有慧眼，只要發現質量高的書評，便不惜篇幅以「集束手榴彈」的方式推出，如歐陽子在該刊一口氣發表了十篇對白先勇小說非常有見地的評論，包括對〈永遠的尹雪艷〉的修辭手段、〈金大班的最後一夜〉喜劇成分的分析。張拓蕪發表的〈代馬輸卒手記〉，標誌著大兵文學的興起，《書評書目》馬上跟進，在第三十六期同時刊出三篇評論，如司馬中原的〈震撼文壇的作品〉、鄧文來的〈大兵文學的代表作〉。至於有「龍捲風」之稱的龍應台大眾式的批評所引發的轟動效應，也是《書評書目》點燃的。

關於書目部分，《書評書目》分成三個單元，其中出版社和書店爲第一單元，以作家的次序排列的爲第二單元，圖書分類爲第三單元。按照沈謙的概括，《書評書目》在書目方面的貢獻主要有兩點：一是新書目錄與書評索引，二是分類的專題書目。（註一〇）如衣魚讀了尹雪曼反對開放魯迅作品後，把魯迅二十年代寫的作品以書目形式開列，還寫了〈批判魯迅的基本資料〉（註一一），以證明尹雪曼的不通。

《書評書目》刊登的文章，其學術深度比不上臺灣大學外文系主辦的《中外文學》，但它不艱澀，重要的是有洞見，如鄭振寰批評夏志清有不少假學問（註一二）就發人之未發。李昂得獎作品〈殺夫〉，《書評書目》也闢出篇幅發了一組討論文章。

《書評書目》廣開言路，常常注意文學爭鳴。編者只讓資料說話，沒有預設立場，沒有主義和主張，一九八〇年十一月，該刊還組織了一場讀者筆談會，廣開言路討論三十年代作品能否開放的問題，這是《書評書目》贏得不同立場、不同趣味讀者喜愛的原因。

總之，作爲文化傳播媒介，《書評書目》在文化人尤其是作家與讀者之間架起了一座橋樑。它在臺灣當代文學史上，以史料的積累爲建構七十年代的文學史，做出了可貴的貢獻。

《書評書目》停辦後，在八十年代有不少媒體辦了讀書副刊，如一九八八年《中國時報》有「開卷」；一九九二年《聯合報》創辦「讀書人」版；《自立早報》也成立「讀書生活」版；《中央日報》則有「中央閱讀」版。不過這些讀書副刊，也差不多停辦了。

第七節　平鑫濤創辦的《皇冠》

《皇冠》作爲印刷精美、準時出刊且是當代臺灣文學史上最長壽的雜誌，創刊於一九五四年二月。開始時內容以西洋小說翻譯與少部分中文小說創作爲主。它並不豪華，也談不上氣派，本子很薄。

在人們印象中，《皇冠》是不入流的通俗文學期刊。其實它也登過不少屬雅文學的作品。如於梨華、吉錚爲代表的留學生文學，就在這裡起步。瓊瑤也在該刊登上文壇，與主編展開半個多世紀的交往，以致成爲該刊的首席作家。

《皇冠》雜誌辦得有特點，且能做到有豐厚的盈利，以致成爲多元化的出版王國，與主持者有創意的編輯理念分不開。一九六三年六月至一九七六年一月，後來成了瓊瑤丈夫的平鑫濤，除把主要精力放在雜誌上外，還負責編輯《聯合報》副刊。他見多識廣，對西方作家擁有的經紀人制度十分敬佩，便將其引進到臺灣，然後推出《皇冠》式的「基本作家制」，讓二十六位名作家圍繞在《皇冠》的周圍。當然，平鑫濤最看重的是瓊瑤，因爲她的加入，使雜誌「變色」：穩坐言情小說的市場，由雅文學向俗文學大步邁進，也使《皇冠》成了名副其實的文藝雜誌暢銷的冠軍。

《皇冠》的創辦宗旨爲：知識性、藝術性、文學性、趣味性。和一般純文學雜誌不同，它沒有亮出文學旗號，名曰生活性的綜合雜誌。這裡講的「生活」，是指面向現實，不膜拜「超現實」；「綜合」，是不偏愛，不像有些刊物只登高雅文章，它大量刊發通俗性的作品。據葉雅苓的概述，該雜誌有如下特色：

首先，瓊瑤小說與影視作品持續刊載；其次，張愛玲仍以它作爲聯合國內文壇的主要發聲管道；而留學生與移民文學，如雲菁、馮馮、朱小燕等，持續在這塊園地發表；丹扉、胡品清與尹雪曼在六十、七十年代則是《皇冠》的長期固定專欄作家。而臺大外文系、中文系主任顏元叔、葉慶炳開闢的專欄貫串了整個七十年代，可以說是《皇冠》與臺灣學界關係最密切的時期。（註一三）

學院派作家居然放下身段到《皇冠》亮相，這是今天的讀者始料不及的。

在外地作家方面，香港的倪匡和李碧華，分別於一九八五年與一九八九年登上《皇冠》寶座。步上《皇冠》架設的「超級星光大道」的作家還有華嚴、廖輝英、張小嫻。該雜誌一次性地讓張愛玲翻譯的《海上花》登完，這是該刊發掘和收編張愛玲的一個後續動作。

《皇冠》創刊時制定了注意長篇連載和開設專欄的方針。據一位研究者統計，在七、八十年代有兩部長篇小說連載，中短篇小說四至五篇，專欄五至六個，每期不少於三百頁，有時甚至四百頁。上述專欄並非專談文學，或談文學史卻注重可讀性。這種可讀性篇幅占了四分之一，另外的篇幅以知識性見長。《皇冠》不提倡也不講究戰鬥性，在只求「剛」而不求「柔」的文學環境中，《皇冠》獨樹一幟，以致成爲最受廣大市民歡迎的雜誌，並多次獲獎。

《皇冠》不墨守成規，密切注意時代的變化和讀者閱讀趣味的轉向，由此不斷推出新人，如趙寧在《皇冠》發表文章開始是一九七一年，達到家喻戶曉程度「只不過比瓊瑤多了一把黃沙」的三毛，在該刊發表文章是一九七六年。至於兩人在《皇冠》出書寫專欄均是七十、八十年代，由此成爲流行作家。

這兩位明星作家承繼了《皇冠》的辦刊路線，有外國生活經驗的趙寧與三毛，「前者被喻爲瓊瑤接班人，後者則一洗六十年代留學生的悲酸文風，出之以幽默風趣，卻皆歸鄉打入文壇，活躍於藝文圈，成爲媒體與讀者寵兒。」（註一四）《皇冠》於一九七六年四月開始進軍國外，發行美國版。外匯增多後，於同年建造「皇冠大樓」，這是臺灣任何刊物都做不到的。爲拓展業務，《皇冠》於一九八四年還成立了不同於協會和學會的「皇冠藝文中心」，將文藝事業進一步做好做大。

本文說的「皇冠」，按葉雅苓的說法，這個集團包括皇冠雜誌社、皇冠出版社、平安文化有限公司、平安有聲出版品有限公司、平裝本出版有限公司，其他與創辦人相關媒體，包括空軍廣播電臺、火鳥影業、巨星影業、自製電視劇等。這時期臺灣社會變化顯著，經濟建設取得重大成績，出國留學生也由此增多，國際文化交流亦十分頻繁，再加上女性主義的抬頭，《皇冠》的編輯策略乃至管理模式，都有變化。如經營多元文化包括雜誌、圖書、畫廊、劇場、影視等。此外，成立包括翻譯和自己經營的租書業的「皇冠讀者俱樂部」，創辦二級雜誌《俏》，把「每日一書」免費派發到讀者手中。

「心中有讀者，眼中有市場」是皇冠出版王國成功的秘訣。其中「以刊養書」，是平鑫濤嫻熟運用的經營手段，如朱家姐妹多在《皇冠》發表作品，然後結集成書面世。在栽培「校園文學」方面，《皇冠》也很給力，這具體表現在八十年代推出大受讀者歡迎的張曼娟。又如席慕蓉「詩畫一體」現象，亦是從這裡發軔的。當有了更大型的純文學刊物《聯合文學》後，「喜新厭舊」的不少作家到新的刊物發展。這種雅文學作家出走的現象，玉成了《皇冠》更好地走大眾化的路線。以席慕蓉的書籍印數之多而論，這種暢銷書與商業性著稱的《皇冠》正好合拍。「以讀者爲尊，以作者爲榮」，既是皇冠集團出類拔萃的秘籍，也是藉著女性題材在向戰鬥文藝挑戰。這種沒有火藥味只有脂粉氣的挑戰，是成功的。

第八節　朱橋等人主編的《幼獅文藝》

一九五四年，可說是「文藝類雜誌年」。這一年元月《文藝月報》、《軍中文藝》相繼在臺北創刊。二月，《皇冠》雜誌在高雄市創辦。三月，《幼獅文藝》面世和「藍星詩社」創社。四月，《文藝春秋》創辦。五月，《中華文藝》創刊。十月，《婦女》月刊、《創世紀》詩刊分別在臺北、高雄、左營創刊。（註一五）其中《幼獅文藝》有發刊詞，強調以獅子的奮鬥不息精神去開創新時代，體現了一個屬於年輕人雜誌的來臨。

《幼獅文藝》的開本歷經十六開本，三十二開本，又到三十開本、二十開本、十六開本。不僅版本在變化，而且主編也在變換，頭一年的六期由「中國青年寫作協會」常務理事、監事主編：鳳兮、鄧綏寧、劉心皇、楊群奮、宣建人、王集叢等六人。每人負責一期，後爲朱橋、瘂弦、段彩華、陳祖彥、吳均堯、陳信元等人主編。該刊最初只有三十四頁，內容有小說、新詩、散文、評論，以及注重資料的整理和介紹，如國外作家研究、域外書評，作補白的還有文壇消息。封面由葉于岡設計，封底是人人景仰的莎士比亞文豪的畫像。第二年後雖然該刊仍屬「中國青年寫作協會」管轄，但發行單位改爲「幼獅文藝社」。至一九五八年八月出了四十四期後，由林適存擔任執行主編。

按照楊樹清的研究，《幼獅文藝》在新世紀以前可分爲三個時期：

1 一個青年時代的來臨

青年寫作協會主編時期（一九五四～一九六四）。這一時期以「作協」為班底的主編群，為該刊立足打下基礎。

2 視覺與風格的塑造者

朱橋主編時期（一九六五～一九六八）。朱橋是一位英年早逝的傳奇式人物。他強調刊物的文學性，這種編輯計畫讓《幼獅文藝》脫去「幼」的稚嫩，走向成熟，以致迎來了刊物的黃金時代。余光中就曾說「誰能拒絕朱橋？」詩人辛鬱也說：「一本刊物在他手上活了過來」，也就是說朱橋將《幼獅文藝》提高到第一流青年刊物的水準，以致成為該刊的高峰期。

3 文學性格的成熟期

瘂弦主編時期（一九六九～一九八〇）。朱橋去世後，一九六九年三月，由蔣經國親自點名讓瘂弦從一八三期起擔任主編。瘂弦雖然繼承了朱橋的本土化傳統，但由於他到美國訪問兩年，有國際視野，並將這種視野帶入了《幼獅文藝》。瘂弦的編輯生涯，就這樣從《幼獅文藝》崛起。這時期的名家名作重要的有張愛玲的小說〈連環本〉，朱西甯的長篇小說《八二三注》，羅青的現代主義詩作〈吃西瓜的方法〉，蕭麗紅的小說〈蝶飛來〉，還有張大春的散文〈重刻的迴響〉。

4 雅俗共賞的蛻變期

段彩華、陳祖彥主編時期（一九八一～一九九九）。這一時期刊物的特點是從以前的「編者導向」走向「讀者導向」，「刊物風格明顯『年輕化』、『校園化』，扣合了社會脈動。」（註一六）尤其是段彩華設計的「寫給青年朋友的信」、「青青子衿」、「高中生日記」、「新銳作家作品展」、「文壇新姿」、「青年問題小說」，十分引人注目。

5 快速翻轉的讀者年代

吳均堯主編時期（一九九九～）。而應時代的要求，吳均堯開創了一個靠攏現實、親近讀者，讓《幼獅文藝》進入精緻、亮麗新階段。在專欄設計上，有「另類人物志」、「心靈幽徑」、「寫作塑身坊」、「小說微風」等。吳均堯離開後，由劉淑華、馬翊航、陳信元等人接手。

這本刊物影響了一代青年的成長。陳水扁、馬英九與臺大教授廖咸浩年輕時均從該刊吸取過營養。舒凡、葉珊（楊牧）、李喬、張錯、季季、林懷民、蔣曉雲，當年都是《幼獅文藝》的重要作者。（註一七）

《幼獅文藝》還注意兩岸文學交流，刊登過北京學者古繼堂的訪臺記，連載過武漢學者古遠清與濟南的章亞昕合著的《與青少年談詩》書稿的片段。儘管當下《幼獅文藝》的藍色不斷褪化，但它仍堅持當年制定的辦刊方向：一、配合青年人的工作。二、反映青年人的生活。三、符合青年人的興趣。該刊之所以成爲臺灣少數長壽刊物之一，原因在經費上有蔣經國創立的反共救國團的支持。另外，該刊面向青年，不分派別，廣泛團結島內外的作家和讀者，使其讀者面越來越寬。

《幼獅文藝》二〇一九年發行人爲李鍾桂，主編爲林碧琪。

第九節　夏濟安主編的《文學雜誌》

《文學雜誌》並非夏濟安一人創辦，參與者還有劉守宜、吳魯芹。在五十年代中期，追求文學獨立性的《文學雜誌》，不甘心做政治的奴僕。夏濟安認爲：爲宣傳服務的作品固然也有可看的文章，但文學的功能不能與宣傳等同。

《文學雜誌》產生在國民黨被動應付國際局勢的變化、被迫迎合西方價值標準，同時也是人們厭倦「反共文學」的年代。夏濟安企圖擺脫「政府指導」（註一八），秉承胡適「人的文學」和「創作自由」思想辦刊。

《文學雜誌》創辦後，夏濟安用中文在自己主編的刊物上發表了幾篇針對臺灣文壇現狀的文章，以致後來成爲臺灣現代派文學先行者和最重要的評論家之一。其中在臺灣當代文學史上留下記載的是《文學雜誌》創刊號上的〈致讀者〉：

> 我們不想在文壇上標新立異……我們雖然身處動亂時代，我們希望我們的文章並不「動亂」。我們所提倡的是樸實、理智、冷靜的作風。我們不想逃避現實。我們的信念是：一個認眞的作者，一定是反映他的時代表達他的時代的精神的人。

可見其崇尚樸素、理智、冷靜的作風，而不滿「辭藻華麗，熱情奔放」的「戰鬥文藝」。夏濟安主張「文學不動亂」，就是企望自己所主辦的刊物能提供與官方不同的作品發表園地，希望讀者承認他們的文學雜誌是地道的「文學」雜誌。此外，該刊在一卷五期〈致讀者〉中，力捧胡適為諾貝爾獎金的候選人，充分表現了它的自由主義色彩，同時也說明它和五十年代中期的《自由中國》有一脈相承之處。

這個只出刊四年，持續到一九六〇年八月停辦的刊物，培養了一大批文壇新秀，成了現代主義文學的培育搖籃。評論家沈謙就曾帶著無限深情回憶夏氏如何對文學新人的叮嚀囑咐和諄諄善誘：「無論是在臺大講壇的課後，還是《文學雜誌》的編餘，夏濟安先生最大的樂趣是鼓勵啓發青年們走上文學正路。他除了理智地替老作家們愛惜羽毛之外，更殷殷地誘導青年作者，不厭其煩地對他們一字一句地分析作品的結構、用字、人物的處理和形式的發展。許多在當今文壇上活躍的名字，像：於梨華、聶華苓、葉珊、瘂弦、莊信正、叢甦、葉維廉、金恆傑、劉紹銘、陳若曦、戴天、白先勇、王文興、歐陽子……等等，都是當年《文學雜誌》的作者或夏先生指導過的門生。」（註一九）《文學雜誌》這種「以修代評」的批評方法，促進了臺港暨海外華文文學健將的成長壯大。

《文學雜誌》就這樣以文學本位為中心，並注重融合中西傳統，兼顧儒家的使命感與自由主義精神，大力推薦西方現代主義，接續了臺灣文壇與西方現代主義文學的關係。白先勇也說過：「《文學雜誌》實是引導我對西洋文學熱愛的橋樑。」他讀了上面刊載的西洋文學後，「作了一項我生命中異常重大的決定，重考大學，轉攻文學。」此外，該刊在消除作家的派系方面也做過工作。過去，教授與作家、軍中派與學院派，總存在著一些人為的隔閡。後來通過《文學雜誌》的聯絡，這種鴻溝或多或少有所塡平。

夏濟安還寫過一篇頗有影響、被稱爲自五十年代以來「臺灣第一篇堪稱嚴謹的文學批評」（註二〇）即〈評彭歌的《落月》兼論現代小說〉（註二一）。正如標題所示，該文不限於評述《落月》的文藝價值，而是在評述基礎上，以廣闊的文化視野，對現代小說的創作方法提出自己的見解。

《文學雜誌》共出版八卷，總計四十八期。它最大的功績是「實現了現代主義與學院派文化的再度聯姻」（註二二），在文學思潮的新變與臺灣文學的現代轉型方面，其功不可沒。

第十節　鍾肇政主編的《文友通訊》

五十年代末期，臺灣作家丟棄原先熟悉的日文，轉換爲中文寫作，而讓許多人適應不了，但也有少數人能用北京話熟練地寫作，這是光復後成長起來的首批作家。許多是新面孔，但也有日據時代崛起的陳火泉。

那時當局施行「白色恐怖」，尤其害怕本地人反對中華民國從事臺灣獨立運動。在這種形勢下，本土作家不方便彼此間的聯繫，只好各寫各的，以免給「警總」製造整人的藉口。可哪裡有壓迫，哪裡就有抗爭，鍾肇政冒著被情治人員約談的危險，暗中將這些作家組織起來，在一九五七年四月二十六日創辦了最能體現「戒嚴」時代的氛圍、只發行不到十份的秘刊《文友通訊》。

這本油印刊物表面上是聯絡情感，其實是將潛在的「臺灣文學」讓其浮出水面做準備。當時流行的是反共文學，不趕時髦的鍾肇政暗中在與官方文學較勁。「通訊」既然是聯誼，當然以交流彼此創作動態的內容爲主。輪流評論「通訊」成員作品，也是題中之義。

嚴禁對外傳閱的《文友通訊》，根據廖清秀提供的作家住址寄發一共七份，年紀最大的是五十歲的陳火泉，其次是四十三歲的李榮春，比李氏小一歲的鍾理和，時年三十三歲的施翠峰、三十二歲的鍾肇政、三十歲的廖清秀，最年輕的是二十七歲筆名爲「文心」的許炳成。一九五七年四月二十三日，鍾肇政第一次寫信很快就有了熱烈的回應，他最早收到的書信是住在最遠與他同姓的鍾理和。李榮春的回信也深深打動了鍾肇政：「我的一生爲了寫作什麼都廢了，至今還沒有一個自立的基礎，生活一直依賴於人……爲了三餐，將寶貴的時間幾乎都費在微賤的工作上。」直至一九八三年，《文友通訊》才由高雄出版的《文學界》雜誌全部公諸於世。這是葉石濤倡議的，爲此鍾肇政非常感激《文學界》，還特地寫了〈也算足跡〉。文中披露了一些鮮爲人知的史料，如在「中華文藝獎金委員會」得獎的臺籍作家廖清秀，原來他是通過文獎會的成員、筆名爲梅遜的楊品純認識的。由於文獎會網開一面，讓廖清秀、鍾理和、李榮春三位本省作家得獎，鍾肇政由此看到了省籍作家成長的希望。一九五八年，文心的小說〈生死戀〉還獲得《自由談》雜誌元旦徵文比賽第一名。在第十一次通訊中，鍾肇政高興得就像自己得了獎一樣，稱文心中獎是「天大的好消息」。

住在龍潭的鍾肇政無疑是《文友通訊》「七君子」的「龍頭」，且他的文學成就最高，他是臺灣大河小說第一人，出版有《濁流三部曲》、《臺灣人三部曲》和《臺灣文學十講》等。七人中最早去了天國的是跨越語言一代、著有長篇小說《笠山農場》的鍾理和。一九六〇年八月他疾病纏身，在正當壯年的四十五歲離開了人間，由此他被稱爲「倒在血泊裡的筆耕者」。

《文友通訊》每期九開，白報紙兩張，不收費當然也不會發稿費。出於對文友的信任，鍾肇政規定他們每個月必須寄稿一次。刊物的內容包括文友動態，作品輪閱和作品評論。這本刊物它比公開發行的雜誌更具有文學史的意義。鍾肇政這樣確認文友的三種條件：「願意致力小說創作的，且確已有若干作品的，限臺籍。」可見這份《文友通訊》，實際上是《臺灣文友通訊》。之所以不要外省人參加，是因爲外省人和本省人對立情緒很大，如果把外省作家參與進來，就會引起一系列的麻煩。這個刊物儘管「不像樣」、「不體面」，刻鋼板者還十分害怕別人看到，這就難怪《文友通訊》只發了兩期就差點停刊，原因是鍾肇政在第一次發行時如此大膽地爲臺灣作家定位：「我們是臺灣新文學的開拓者」。這句話要是給情治部門看到，鍾肇政很可能會被抓進牢房。因爲當局禁止單獨使用「臺灣」二字，要用也只能是「中華民國臺灣省」。另外有一位成員寫信「警告」鍾肇政，曲折地暗示：「此舉恐干禁忌」，鍾肇政覺得這不是空穴來風，如果「禁忌」來了，會不會連累大家，因而整晚輾轉反側，陷入矛盾的漩渦，最後是不怕戒嚴、不懼「警總」，決心終於戰勝了恐懼：「自問此舉動機純正，且個人亦有毅力承擔責任。」但爲穩妥起見，去掉了刊名，以個人的方式、通訊的名義印發，內容則不變。

《文友通訊》結束於一九五八年九月，走了一年四個月的歷程，這本地下雜誌的意義在於抵抗「自由中國文壇」的主流論述。由鍾肇政所做的這種反潮流的行爲，其聯絡的均是一群反戒嚴體制、反查禁書刊文化人的組合。他們在這薄薄的散發出油墨香氣的內刊中相知、相識、相輔，還互相激勵去參加香港《亞洲畫報》的徵文比賽。鍾肇政依靠他的親和力和組織力，不僅把戰前老作家，也把戰後新人結合在一起。

總之，有了「《文友通訊》一群文友，從日文到中文用力『跨越』之後，臺灣文學才接上『戰前到戰後』的一段香火，接力跑完一部百年或三百年的臺灣文學歷史。」（註一三）

第十一節　白先勇主辦的《現代文學》

《現代文學》於一九六〇年三月五日創刊於臺北市，發行人兼主編爲白先勇，至一九七三年出至五十期後停刊。

《現代文學》和夏濟安主編的《文學雜誌》，都是學院派刊物。學者都有知識分子的傲氣，不與官場主導的戰鬥文藝保持一致。

夏濟安後來去美國，白先勇想自己出錢另辦一份類似《文學雜誌》的刊物。沒想到白先勇眞的籌到了一筆資金，所謂資金就是一份十萬元的家產，（註二四）白先勇用這筆錢的利息來養刊物。

關於《現代文學》的經費來源，陳芳明說：「白先勇受到了美國新聞處處長麥加錫的資助。」（註二五）白先勇堅持說沒有，管賬的歐陽子也說沒有收到過這筆美金，但是《現代文學》出版到第九期差點變成無米之炊難以爲繼時，美國新聞處不是用現金，而是幫白先勇購買一小批《現代文學》雜誌，即第十、十一期各六百冊，以解燃眉之急。

辦雜誌得有營業執照，白先勇託他父親白崇禧的舊部代爲申請。當時不可能有辦公地點，社址就在白先勇臺北松江路家裡。白先勇當年之所以報考臺灣大學外文系，是因爲受了頭兩期《文學雜誌》刊登的文章啓發。他原先想繼承父志去光復大陸，還有什麼興修長江水利的志向，現都化爲泡影了。

《現代文學》的刊名不像《文學雜誌》那樣四平八穩，而是「明目張膽」打出「現代」旗號。這「現代」不是一般的時間概念，而是一種前衛的文學潮流。其〈發刊詞〉云：「感於舊有的藝術形式和風格不足以表現我們作爲現代人的藝術情感，決定摸索和創造新的藝術形式和風格。」這比夏濟安說得明確，比隱藏預設立場的《文學雜誌》前進了一大步。

這份學生辦的雙月刊，定下「理論」、「譯介」和「創作」並重的方針。基於「譯介」這一觀念，每期推出一位現代性突出的作家，從卡夫卡、湯瑪斯．吳爾夫、湯馬斯．曼……一路介紹下來。開始的做法帶有隨意性，只要有人推薦優秀的外國現代派作家，就會採用。

辦刊者都厭惡戰鬥文藝，也不願捲入本土的歷史和生活現狀，都一心想在世外桃源生活。作爲初出茅廬的學生，他們只講協作不講出名，故開始署名爲「現代文學編輯委員會」主編。大家都很忙，其中南北社裡的王文興、洪智惠（歐陽子）、李歐梵包辦了主要的業務。具體來說，王文興和陳若曦負責小說的審稿，戴成義（戴天）負責詩歌部分，女作家洪智惠管賬。作爲「老闆」的白先勇，做的工作更多，甚至拆信一類的打雜都親自動手。爲了爭取美國人的援助，劉紹銘和陳若曦做公關。來自香港的葉維廉也參與其事。（註二六）至於人人有份的校對，多在圖書館進行。

《現代文學》以創作水平高爲人津津樂道，如白先勇的世情之作〈金大奶奶〉、經典重敘〈悶雷〉，世情再寫與經典再敘〈玉卿嫂〉；陳若曦表現浪漫與宗教的〈欽之舅舅〉，神秘與啓蒙的〈灰眼黑貓〉（註二七）值得注意的是，對西方文學的譯介，後來從不自覺走向自覺，採用了系統化的專題形式。在惡劣的經濟環境下，從第四十九期起，刊物忍痛擠出一點辦刊經費做稿費——準確說法是在美國教書的白先勇升任助理教授後漲的工資。白先勇原來是想發給爲刊物出力很大的柯慶明，柯氏拿到獎金（也就是所謂每篇四十元的稿費）又捐獻出來，變成了人人有份的稿酬。（註二八）

《現代文學》是臺灣大學外文系辦的刊物，其實也有中文系的人加盟。不少編委出國深造後，由余光中、何欣、姚一葦等非創辦人參與編輯。其中余光中接手時做了將三分之二的篇幅給創作，翻譯作品減少，開始發放稿酬的這類改革。（註二九）不管如何變化，白先勇均是《現代文學》的中流砥柱。在刊物出版的頭幾個月，核心人員被「警總」約談，可白先勇以「先勇」精神頂住了。後因負責發行的晨鐘出版社因經濟狀況不佳而不再支持，歷時十三年的《現代文學》就這樣終刊了。一九七七年，《現代文學》復刊，可這復刊後的文章和影響遠遠比不上當年的《現代文學》。

這份雜誌在臺灣當代文學史上一大的貢獻是譯介西方現代派作品。該刊總共發表了二百零六篇小說。雖然有鄉土文學，但現代作品占絕對優勢。在培養新人方面，可開出一長串名單。正是《現代文學》的努力，使現代主義成爲新貴，占據了臺灣文學的主流。

第十二節　顏元叔等創辦的《中外文學》

臺灣大學外文系不僅是臺灣評論家的重鎮，而且是辦文學評論刊物的一座名城，先有夏濟安的《文學雜誌》、白先勇的《現代文學》，然後又有正式打出臺灣大學外文系旗號的《中外文學》，這是比上述兩個刊物都要長壽的雜誌，如今已成了臺灣國科會外文學門的第二級期刊。

《中外文學》創辦背景：一九七一年，臺灣大學比較文學博士班正式招生；同年，顏元叔等人在淡江文理學院舉辦國際比較文學研討會。當時臺灣大學中文系系主任是後來成爲著名評論家和散文家的顏元叔。中文系與外文系有著良好的合作關係，這體現在中文系的鄭因白、葉慶炳與外文系老師經常切磋教學和科研的經驗。切磋的結果，是需要一個發言平臺，於是在一九七二年六月由外文系出面主辦《中外文學》。開始是同人刊物，先後任發行人的有朱立民、侯健等，社長顏元叔、林耀福、王秋桂、彭鏡禧、高天恩等，先後任總編輯的有胡耀恆、廖朝陽、張漢良、吳宏一、張靜二、吳全成（吳潛誠）、劉毓秀等。創刊初期還設有編輯顧問：朱立民、余光中、王夢鷗、姚一葦、夏志清、葉維廉、齊邦媛、顏元叔等十五人。成了外文系的招牌雜誌後，該刊不再設「顧問」。

《中外文學》在〈創刊辭〉中，聲明要培養出「偉大的作家。」並將其定位在「中文創作」、「文學論評」以及「外國文學譯介」的三位一體。（註三〇）這三位一體不是平均使用力量，而是讓文學論評獨占鰲頭。如創刊號所刊出的顏元叔的〈細讀洛夫的兩首詩〉，引來包括被評論對象與其他讀者激烈的論辯，「中外信箱」更是成了兩派打筆仗的戰場。對這場惡戰，盛氣淩人的顏元叔在第二期寫了〈颱風季〉作爲回應。

該刊前期也刊登創作，影響最大的是從第四期到第九期連載的臺大外文系教授王文興的長篇小說〈家變〉，引起廣泛的爭議。輪到張漢良主編時，又連載王文興的新作〈背海的人〉。此作品不僅引發文學界的高度關注，還惹來守舊勢力代表的國民黨黨工系統的「關切」，以致被腰斬。（註三一）更大膽的是，胡耀恆在一九七三年的《中外文學》卷首的〈中外短評〉上，撰文呼籲〈開放三十年代文學〉。這是富於挑戰性的舉動。儘管老練的胡耀恆將這種政治性題目塗上了保護色，但這畢竟是敏感的論題，因而受到當局的干預。

《中外文學》最大特色是引進西方文藝思潮，更新臺灣當代文學批評方法，由此開創了一個屬顏元叔的時代。《中外文學》當然不是顏元叔的個人刊物，但這位「社長」是各場論戰的主角，許多論爭都圍繞著他。當然，該刊也會發表不同觀點的文章，其中第四期的論爭，「從『重讀作品』轉爲『重讀作

品的方法』」。（註三二）《中外文學》作爲專業的批評雜誌，引進「新方法」遠大於引進「新作品」。（註三三）

以前衛性著稱的《中外文學》，不少文章文風酷似翻譯體。顏元叔是個例外，他在《中外文學》引進的新批評，以致成爲這派的理論旗手。他受過嚴格的學術訓練，其所代表的臺北學院派觀點，滿足了學術界更新批評方法的要求，以主張鄉土文學的《臺灣文藝》完全不同。顏氏是有「野心」的批評家。他雖然算不上也不可能是「文壇霸主」，但他雄心勃勃：以其銳氣十足的狂飆筆鋒，在理論上建構自己的體系，還將自己的新潮理論運用到創作的詮釋中。他操作起批評的解剖刀，不留情面地對洛夫、羅門等人作品進行解剖。他從外國文學理論走出來，然後闖入臺灣當代文學場域，甚至「入侵」中文系的聖地古典文學領地。人高馬大、字字鏗鏘的顏元叔，在當時憑藉《中外文學》等陣地，就這樣颳起了一股「顏旋風」。一九九五年，《中外文學》還爲「三陳（陳昭瑛、陳芳明、陳映眞）會戰」提供有關本土化爲題的論爭舞臺，九十年代中期吳全成執掌時，他讓《中外文學》從西化走向本土（註三四），也由此使《中外文學》成了臺灣文壇不可小視的刊物。

九十年代的《中外文學》以「專號化」、「理論化」的走向，推動臺灣文學與文化研究作出了巨大貢獻。它以學術論文帶領臺灣期刊進入國際學術期刊之林。二〇〇一年該刊仍繼續做專輯，如「王文興專號」、「白先勇專號」，尤其是該刊從二〇〇三年十一月起，完全取消西洋文學譯介和文學創作，使其成爲名副其實不僅是臺灣且是兩岸，乃至整個華文文學界最有分量的文學學術期刊之一。

第十三節　吳濁流創辦的《臺灣文藝》

臺灣，不是大臣政客簽約和談的籌碼，而是臺灣同胞前途的寄託；臺灣，不是強權惡政苟且勾搭的贈禮，而是我祖我孫安神立命的根基。

文藝，不是統治者迷惑群眾的工具，而是同胞們生活奮鬥的心聲；文藝，不是阿諛者諂媚權貴的手段，而是開拓者披荊斬棘的結晶。

《臺灣文藝》是臺灣歷史上具有特殊意義的一本文藝雜誌，從創辦以來，它就一直代表著臺灣同胞的心聲，扎根在臺灣寶島的土地上，反映出臺灣社會實際的面貌。《臺灣文藝》是一個屬於臺灣同胞共有的精神園地。

這是一九八二年四月出版的《文季》第一期後面刊登的《臺灣文藝》廣告詞。

這份「擁抱臺灣的心靈！拓展文藝的血脈！」的雜誌，由吳濁流於一九六四年四月一日獨資創辦。在創刊前，吳濁流也曾徵求過鍾肇政的意見，提出《青年文學》等幾個刊名供他參考，鍾肇政幾乎是脫口而出說就叫《臺灣文藝》好，吳濁流聽了後會心地莞爾一笑說：「『臺灣』二字，也許有人會認為不妥當。」（註三五）

在某種意義上說，《臺灣文藝》可看作《文友通訊》精神的延續。長相形似「土地公」的吳濁流，始終認爲應該辦一份能夠讓省籍作家耕耘的園地。辦刊當然不是吳濁流一時心血來潮的產物，也不能單純認爲吳濁流年事已高，他必須趕快實現他多年來主辦屬臺灣本土刊物的願望。這本以「臺灣」命名的雜誌問世，根本原因應是時勢所造成。當年省籍作家十分不滿文壇被「外省作家」所壟斷，本地文人沒有自己的發表園地。多產的鍾肇政投稿時累投累敗，自嘲成了「退稿專家」，便是一例。

吳濁流以寫小說著稱，他有一部重要作品《無花果》，完成於一九六八年，首先在《臺灣文藝》發表。他也寫詩，以寫傳統舊詩著稱。可他辦《臺灣文藝》，並沒有讓漢詩即舊詩一枝獨秀。在該刊出現的新詩作者有吳瀛濤、陳千武、趙天儀等人。該刊不分流派，有跨越時代的老作家龍瑛宗、吳新榮、王詩琅、黃得時、葉榮鍾、王昶雄等。至於戰後第一代、第二代、第三代的作家投稿登出的就更多了。富有中國意識的吳濁流，也沒有偏頗到讓本土作家包辦刊物，而是網羅了外省籍作家寒爵、兩峰、鳳兮等人。

吳濁流辦《臺灣文藝》總共十三年，責任編輯爲龍瑛宗，其中有十一、十二年是鍾肇政幫吳濁流編輯小說稿件。吳濁流描寫二．二八事件的《無花果》原爲日文所寫，鍾肇政找到幾位朋友將其翻譯出來，在《臺灣文藝》連載多期，不少朋友爲他擔心，因爲二．二八事件是禁區，是不能反映的，當時便有奉官方之命的文探向責任編輯鍾肇政提出警告，說《臺灣文藝》是「不三不四的雜誌」（註二六），應與其保持距離。

《臺灣文藝》自五十四期至七十九期即革新一號～二十六號，由鍾肇政繼承吳濁流的遺志主持出版。第八十～一百期由陳永興獨立出版。第一〇一～一〇四期，由李敏勇接棒。第一〇五～一一六期，改爲具有強烈運動性與鮮明政治立場主導的「臺灣筆會」的機關刊物，由楊青矗主編。第一一七～一二〇期，仍爲「臺灣筆會」的機關刊物，由陳千武主持。從第一二一～一四〇期，由前衛出版社支持出版，林文欽主持。第一四一～一五二期，由李喬主編。從第一五三～一六九期，由鄭邦鎮主編。第一七〇～一八七期，臺灣筆會「收回」監管權，張國男出任總經理，傅銀樵主編。後因負債累累只好於二〇〇三年四月發行至一八七期後停辦。這些後繼者，都不是「祖國派」而是「臺灣派」，其刊物朝向臺灣文學的主體性、獨立性前進，其中第九十一期「王詩琅專輯」被當局查禁。

一九八六年一～二月，宋澤萊在《臺灣文藝》總第九十八期發表〈呼喚臺灣黎明的喇叭手〉，點名批判以葉石濤為代表的「老弱文學」，並對「笠」詩社的詩人扣上「深具皇民意識」的大帽子，這種對前輩作家的惡言傷害，立刻引來《臺灣文藝》以及詩刊《笠》、《文學界》的回應，尤其是《臺灣文藝》第九十八期末尾，張恆豪站在編者的立場，以「偏激」、「騷亂」形容宋澤萊的主觀性和排斥性。這場宋澤萊風波，在臺灣本土陣營引起劇烈的反響。

吳濁流的一生，都為他深愛的土地臺灣作出貢獻。他為恢復臺灣新文學的傳統而努力工作，在人力、財力的奉獻方面，他成就了光復後臺灣文學重新開展的契機，這其中包括他設立的「吳濁流文學獎」，頒發給每年在新詩、小說方面的優秀作家，這個傳統已維持了幾十年，使本土文學的土壤不再貧瘠，而趨向肥沃。

注釋

一 應鳳凰：《五〇年代文學出版顯影》（臺北市：臺北縣政府文化局，二〇〇六年），頁八。

二 應鳳凰：《五〇年代文學出版顯影》（臺北市：臺北縣政府文化局，二〇〇六年），頁六。

三 朱西甯文章刊在一九五二年《新文藝》月刊，第一卷第四期。

四　應鳳凰：《畫說一九五〇年代的臺灣文學》（臺北市：遠景出版事業公司，二〇一七年二月），頁六十三。

五　施君蘭：〈《野風》的編輯們〉，《文訊》二〇〇三年七月，本節吸收了此文的研究成果。

六　黃怡菁：〈五〇年代前期反共文學創作方法論的建立——《文藝創作》上的論述為主要討論範圍〉，載《二〇〇七青年文學會議論文集：臺灣現當代文學媒介研究》，臺北市：《文訊》雜誌（二〇〇八年三月）。

七　應鳳凰：《畫說一九五〇年代的臺灣文學》（臺北市：遠景出版事業公司，二〇一七年二月），頁五十八。

八　羅盤：〈穆中南、朱嘯秋與《文壇》〉，《文訊》雜誌（二〇〇三年七月），頁一〇六，本節吸收了他的成果。

九　羅盤：〈穆中南、朱嘯秋與《文壇》〉，《文訊》雜誌（二〇〇三年七月），頁一〇六。

一〇　沈謙：〈臺灣書評雜誌的發展——從《書評書目》談起〉，《臺灣文學出版》（臺北市：《文訊》雜誌編印，一九九六年），頁一一五。

一一　《書評書目》第九十五期（一九八一年三月號）。

一二　參看鄭振寰：〈學而不思則罔——再論治學方法與文學批評〉，《書評書目》一九八〇年十一月號。

一三　葉雅苓：〈流行之星：七十、八十年代《皇冠》相關文學現象〉，載二〇〇七年《青年文學會議論文集：臺灣現當代文學媒介研究》（臺北市：《文訊》雜誌，二〇〇八年三月），頁三四八。

一四　葉雅苓：〈流行之星：七十、八十年代《皇冠》相關文學現象〉，載二〇〇七年《青年文學會議論文集：臺灣現當代文學媒介研究》（臺北市：《文訊》雜誌，二〇〇八年三月），頁三五二。

一五　楊樹清：〈走過風華：《幼獅文藝》半世紀〉，《文訊》二〇〇三年七月號，頁八十六。本節吸收了此文的研究成果。

一六　楊樹清：〈走過風華：《幼獅文藝》半世紀〉，《文訊》二〇〇三年七月號，頁八十九。

一七　楊樹清：〈走過風華：《幼獅文藝》半世紀〉，《文訊》二〇〇三年七月號，頁九十。

一八　胡　適：〈中國文藝復興．人的文學．自由的文學〉，《文壇》季刊第二期，一九五八年。

一九　沈　謙：〈書評與文評．懷念《文學雜誌》〉，《書評書目》，一九七五年，頁八十三。

二〇　林依潔：〈如何建立嚴肅的批評制度〉，見李歐梵：《浪漫之餘》（臺北市：時報出版公司，一九八〇年），頁一八四。

二一　《文學雜誌》第一卷第二期（一九五六年十月）。

二二　張志國：〈臺灣現代主義「學院詩」的興發——《文學雜誌》之於臺灣現代詩場域的建構意義〉，載《二〇〇七青年文學會議論文集：臺灣現當代文學媒介研究》（臺北市：《文訊》雜誌，二〇〇八年三月），頁五〇九。

二三　應鳳凰：《畫說一九五〇年代的臺灣文學》（臺北市：遠景出版事業公司，二〇一七年二月），頁八十二。

二四　陳若曦：《陳若曦七十自述：堅持．無悔》（臺北市：九歌出版社，二〇〇八年十月），頁八十。

二五　游勝冠主編：《媒介現代：冷戰中的臺灣文藝——國際學術研討會論文集》（臺南市：成功大學人文社會科學中心輔助出版，二〇一六年十一月），頁一〇四。

二六　陳若曦：《陳若曦七十自述：堅持．無悔》（臺北市：九歌出版社，二〇〇八年十月），頁八十一。

二七　尤作勇：《〈現代文學〉的歧路》（北京市：知識產權出版社，二〇一四年）。

二八　何雅雯：〈學院之樹——《文學雜誌》、《現代文學》與《中外文學》雜談〉，《文訊》二〇〇三年七月號。

二九　張默主編：《現代詩人書簡集》（臺中市：普天出版社，一九六九年十二月），頁二三九。

三〇　胡耀恆：〈發刊辭〉，《中外文學》第一期（一九七二年六月），頁四～五。

三一　何雅雯：〈學院之樹——《文學雜誌》、《現代文學》與《中外文學》雜談〉，《文訊》二〇〇三年七月號，頁五十一。

三二　何雅雯：〈學院之樹——《文學雜誌》、《現代文學》與《中外文學》雜談〉，《文訊》二〇〇三年七月號，頁五十一。

三三　何雅雯：〈學院之樹——《文學雜誌》、《現代文學》與《中外文學》雜談〉，《文訊》二〇〇三年七月號，頁五十一。

三四　張俐璇：〈前衛高歌——《中外文學》與臺灣文學批評浪潮之吹動〉，載《二〇〇七青年文學會議論文集：臺灣現當代文學媒介研究》（臺北市：《文訊》雜誌，二〇〇八年三月），頁四七八。

三五 鍾肇政：《臺灣文學十講》（臺北市：前衛出版社，二〇〇〇年），頁二三七。

三六 鍾肇政：《臺灣文學十講》（臺北市：前衛出版社，二〇〇〇年），頁二三七。

第四章　戒嚴時期的文學期刊（二）

第一節　尉天驄主持的《文學季刊》

一九六六年四月，當大陸正在進行文化大革命時，臺灣誕生了一份在臺灣當代文學史上鼓吹現實主義和鄉土文學的重要刊物：《文學季刊》。

《文學季刊》從第一期到第三期有陳映眞的四個短篇小說：〈最後的夏日〉、〈唐倩的喜劇〉、〈第一件差事〉、〈六月裡的玫瑰花〉，還有後來成爲臺灣文學經典的王禎和小說〈嫁妝一牛車〉，另有〈三春記〉、〈永遠不再〉。黃春明在該刊也是佳作連篇：〈青番公的故事〉、〈溺死一隻老貓〉、〈看海的日子〉、〈兒子的大玩偶〉、〈鑼〉。呂正惠認爲：《文學季刊》以它所刊載的實際創作，正默默地嘗試著改變臺灣的文學風氣。從回顧的眼光來看，我們也許可以稍微誇大的說，《文學季刊》是將來的臺灣現實主義文學的先驅。（註一）

《文學季刊》主張風格多樣化，儘管主持人尉天驄堅持的是現實主義路線，但也不排斥用現代主義手法寫成的好作品，如名字有點古怪、作品極爲陰暗的七等生的小說，還有施家姐妹施叔青（施淑青）、施淑端（李昂）早期的小說。比余光中難懂的洛夫，還有以怪詩著稱的管管，在《文學季刊》也出現過。儘管《文學季刊》不排外，但現實主義作品畢竟是重中之重。

《文學季刊》問世時很低調，既沒有創刊詞，也沒有鼓吹過「現實主義是臺灣文壇的唯一出路」，但這不等於他們沒有是非，如該刊骨幹作者陳映眞從不含糊自己的立場，通過〈唐倩的喜劇〉「嘲諷當時正在臺灣流行的邏輯實證論和存在主義，批評臺灣的知識界追趕西方思想的時髦。」（註二一）

一九七〇年二月，《文學季刊》出至第四期後，因印刷費無法落實而劃上句號。過了一年，不甘心失敗的尉天驄，又於一九七一年一月以《文學》雙月刊的形式面世，創刊號發表了黃春明的小說〈兩個油漆匠〉、王禎和的〈寂寞紅〉。這本《文學》雙月刊和《文學季刊》最大的不同，是不隱瞞自己的創作主張，因而創刊號連續刊登了何欣的〈現代作家的任務〉、卡繆的〈在困境中迎險創造〉、沙特的〈何爲文學、爲何寫作〉。主編尉天驄還專門對這組文章做了說明：

> 一個藝術家首先應該把自己置身於現實生活之中……這樣他才能領略這時代的痛苦與歡樂，而不會像電視機前欣賞戰爭片的觀眾一樣，雖然面對現實卻無法體驗現實的痛苦……（註二二）

這三篇論文正好彌補了該刊沒有〈創刊詞〉的不足。

由於經費原因，《文學》只出了兩期，在一九七一年四月停刊。累敗累戰的尉天驄，又於一九七三年八月三度出擊。按呂正惠的觀察，這次刊名叫《文季》的雜誌有三個特點，一是首次有了〈我們的努力和方向〉的發刊詞，其中云：

> 我們認爲文學不但應該是生活的反映，更重要的還是如何透過這些反映在現實中教育自己。因爲唯有一個作家能夠把自己的命運與人類共同的命運結合在一起，他才能在不斷地反照出個人的愚

昧和自私中，領略生命的喜悅。也只有這樣，他所創造出來的藝術品才會眞正對人類產生虔誠和愛心，形成一種前進的力量。（註四）

二是旗幟鮮明地反對脫離時代、逃避現實的現代主義，這方面的代表作有「大俠」之稱的唐文標長達三十頁的〈詩的沒落〉。對小說領域的現代主義，《文季》也舉起投槍，用「歐陽子專輯」的四十頁篇幅，嚴厲批評歐陽子頹廢和敗德的傾向。

三是開始出現了一些意識形態的導向的作品。最明顯的例子是黃春明的〈莎喲娜拉．再見〉（第一期）和王禎和的〈小林來臺北〉（第二期）。這兩篇小說一致批判臺灣的買辦經濟，「那種毫無保留的批判精神，標識了黃春明和王禎和風格的轉變，同時也宣告了：臺灣的文學已從二十年來的『純文學』進入了七十年代的『使命文學』時期。」（註五）

總之，在六十年代現代主義占主流的臺灣文壇，《文季》的系統刊物發出了自己的獨特聲音。它不再求穩求平衡，而逐漸走向鮮明的關愛本土、倡導現實主義的立場，由此成為七十年代鄉土文學興起的先導，以致後來成爲主導力量。

第二節　林海音主辦的《純文學》

在六十年代，有三本刊物爲文壇矚目，一是白先勇等人創辦的《現代文學》，二是尉天驄創辦的《文學季刊》，第三本便是林海音與劉國瑞、唐達聰、馬各共同創辦的《純文學》。這三本雜誌在書店有寄售，但能發放出稿費並準時出版的只有《純文學》。

創辦於一九六七年元月的《純文學》，並不豪華，只有二十五開本，每期容納二十～二十四萬字。這是一份高水準的期刊。連封面及內容編排均由主編敲定。林海音不願取低姿態，而是用高姿態去吸引讀者。本著重視文學人艱辛腦力勞動的《純文學》，發放的稿酬不低，且從不拖欠作者的稿酬。

正因爲《純文學》尊重作者，故不少名作家都願意把自己最好的作品給林海音，像創刊號上余光中的〈望鄉的牧神〉、子敏的〈談「離開」〉、陳之藩的〈垂柳〉、黃娟的〈這一代的婚約〉、於梨華的〈再見，大偉〉、梁實秋的〈舊〉，以及後來張曉風的〈鐘〉、琦君的〈髻〉、張秀亞的〈書房的一角〉、吉錚的〈海那邊〉、李喬的〈凶手〉、段彩華的〈酸棗坡的舊墳〉……（註六）

在嚴禁大陸三十年代文藝作品傳播的氣氛裡，林海音還是位「盜火者」。她向臺灣讀者介紹「五．四」運動以來大陸的一些優秀作品，從一九六七年二月份始，《純文學》專門開闢了「中國近代作家的作品」專欄。這裡所說的「近代」，是指一九一九年開始的時代，那時中國正發生「火燒趙家樓」一類的中國文化大變動。林海音刊登這些大陸作家的作品，是爲了彌補戒嚴時期讀者只知道胡適，最多加上徐志摩、朱自清而不知道另一些大陸作家的不足。爲了方便讀者的欣賞，每刊出某家作品就請些名家寫評價。這些作品屬禁地。林海音當時的心情既高興又緊張。她仗著膽子找材料、發排，因爲「『管』我們的地方，瞪眼每期查看。」（註七）

有「文壇保姆」之稱的林海音，她的客廳是《純文學》作者聚會之地，有「半個臺灣文壇」之稱。這份招牌甚硬、信譽最好、稿費不低的刊物，培養了像黃春明、林懷民、鄭清文、七等生，還有臺灣大學中文系老師林文月等作家。《純文學》編務一直以林海音爲主，她忙不過來時就請隱地接編，隱地從此成了林海音的「學徒」，爲他以後創辦出版社打下了基礎。隱地編了一年後，林海音又請鍾理和的長子鍾鐵民幫忙編輯。

在林海音主持下的《純文學》，讓一篇又一篇文學形式純正的作品登場，甚至採用日本左派三島由紀夫的評論〈結合劇作家的才能與小說家的才能〉的文章。不管當時創辦者對《純文學》刊名作何種解釋，「純文學」一詞其潛臺詞是認爲反共文藝受政治支配，不算純正的文學。以這樣的文學觀念編出來的《純文學》，就會引起某些人反感，曾有位立法委員在立法院質詢時就造謠說「林海音當年編的《文星》雜誌是美國人出資辦的，現在又是美國人出資辦《純文學》月刊」（註八）。「當年」是指一九五七～一九六一年林海音兼任《文星》雜誌編輯，負責文藝專欄外加校對。

《純文學》後來停刊，和銷路打不開有極大的關係，但白色恐怖的蕭殺氣氛，才是促成《純文學》之花凋謝的眞正原因。這點均爲《林海音傳》及其他回憶文章所忽略。據香港版《純文學》主編王敬羲寫的紀念林海音的文章中說：《純文學》的終止是受一宗政治大案即曾任《中央日報》總編輯李荊蓀案的牽累起。主持人爲了避禍，「不惜『自廢武功』，最後停了刊」。（註九）

臺灣版《純文學》於一九七二年二月停止運作後，香港版《純文學》一九七六年四月問世，後由月刊改爲雙月刊，出至六十七期終止。跨越三十三年後，即一九九八年五月，港版《純文學》在香港特區政府藝術發展局的資助下，由王敬羲主持重新復刊，到二〇〇〇年十二月共出了三十二期。這種「純文學」香火不斷的現象，也算是對「問君此去幾時來，來時莫徘徊」的林海音的一個慰藉吧。

第三節　陳憲仁主編的《明道文藝》

在國際上風雲變幻，島內價值觀有新的走向時代，《明道文藝》於一九七六年三月二十九日青年節創刊。

《明道文藝》的「明道」取自臺中市明道中學的校名，這所中學因為有這本雜誌而在文化界名聲大震。該校創校校長汪廣平出資創辦這本刊物，並找來陳憲仁擔任社長兼主編。校方的撥款有限，《明道文藝》當初只像一棵幼苗，只有薄薄的一四四頁，以後逐年擴大篇幅，到一九九六年二月有二百頁之多。至於刊發藝術活動，則不惜工本用彩色印出。正因為該刊越辦越好，故六次獲得金鼎獎。在二〇〇一年三月出至三百期時，頁碼漲至二八四頁。為慶賀這份刊物的成長壯大和見證歷史，二〇一九年還製作了特輯。

《明道文藝》在陳憲仁的精心呵護下，呈現出青春和陽光的色彩。鑒於名家多半在臺北大型刊物亮相，故陳憲仁另闢蹊徑很注意從別人的退稿中發現精品。《明道文藝》不靠名家打頭陣，而以發掘新人著稱，比如推薦國民中學一年級學生和小說新人的作品，以及桃園陽明光高中生的作品。該刊也發表大學師生的創作，如刊登過成功大學、東海大學學生的作品。為輔導學生閱讀，該刊注意名家名作的推薦，如陳幸蕙、張曼娟、吳淡如、張春榮都寫過這方面的賞析文章。為給讀者更寬廣的視野，還發表過應鳳凰等人有關介紹國外作家的文章。

作為校園刊物，《明道文藝》注重大中學文學教育的改革，為此舉行過座談會。一九八七年，該刊主辦了以「思親」爲題材的徵文，並將得獎作品結集爲《錦綉天倫——思親徵文選集》。《明道文藝》走出校園，關懷社會，關愛人類，製作過「九·二一震災專輯」。當著名作家仙逝時，《明道文藝》都會發表文章，表示他們對文壇前輩的悼念。這方面的作家有三毛、洪醒夫、葉慶炳、蘇雪林、林海音等。

一九八〇年代當臺灣只有「國軍文藝金像獎」、「聯合報小說獎」、「中國時報文學獎」時，《明道文藝》設立了全臺灣獨一無二的「全國學生文學獎」，使許多年輕的校園歌手奔向「明道」，他們在那裡發聲，在那裡向讀者獻出自己的佳作，極大地刺激了文學新人的成長。據黃秋芳的統計，「深受讀者喜愛的作家簡媜、吳淡如、侯文詠、王浩威……大專院校的知名教授張曼娟、許俊雅、吳鳴、郭強生、張春榮、鍾怡雯、張瀛太、渡也、浦忠成、楊翠……報紙副刊主編林黛嫚、蔡素芬、蘇國書；文學雜誌主編許悔之、李進文；出版社發行人焦桐、陳維都；媒體記者江中明、黃光芹、邱婷、李乾元、阮愛惠……等，都出身學生文學獎，《明道文藝》的『全國學生文學獎』已被譽爲文壇的源頭活水。」（註一〇）

《明道文藝》除主辦以學生爲主的文學獎外，還走向社會，於一九九二年八月舉辦高職老師文藝營。一九九三年一月則舉辦了高中學生文藝營。隨著明道中學硬體設施的擴建，《明道文藝》也水漲船高，適時地創辦了全臺灣首家「現代文學館」，分爲作家文物展示區、作家聲影區、圖書資料區三大部分，並第一次公布三毛的珍貴文物。

重視兩岸文學交流，也是《明道文藝》擴大影響的重要方面。從一九八八年九月刊登第一篇大陸來稿起，於一九八九年七月製作了「兩岸心連心」專輯。該刊獲得國家文藝基金會補助後，曾長達兩年將該刊寄往大陸圖書館及文學研究單位。《明道文藝》其社址雖然處在不是政治文化中心的臺中，但他們從一所中學走向臺北市：走向全臺灣，然後走向大陸，做到了在「小角落」辦出了一個大刊物，在臺灣校園文藝史上，將永遠記載他們的功績。

《明道文藝》二〇一九年發行人為汪廣平，主編為李竹婷、張佳琪。

第四節　朱氏姐妹的《三三集刊》

自一九五〇年代末期至一九八〇年代初期，臺北城南湧現出《文季》、《三三集刊》、《神州詩刊》等三本具有大中國意識的刊物及衍生出的文學社團。「這三者有一共同點，皆以民族主義為其領先指標，還兼容並蓄地培育了所謂本省文藝青年的發展，各自創造了一番點染時代風貌的成績」。（註一一）

許多人認為「三三」是文學集團，其實嚴格來說，它只是一個系列刊物及其附屬的出版社和合唱團。《三三集刊》第一期《蝴蝶記》於一九七七年四月出版，出至一九八一年八月第二十八期《戰太平》休刊。《三三雜誌》自一九八一年九月至一九八二年八月，共出十二期。為出版胡蘭成《禪是一支花》成立的「三三書坊」，於一九七九年開始營運，至一九八九年與遠流出版公司合併，共出書二十本。「三三合唱團」成立於一九七七年，至一九八四年停止活動。所謂「三三群士」共五十位，主要作者有朱天文、朱天心、馬叔禮、仙枝（林慧娥）、謝材俊、丁亞民、林瑞及同輩的鍾信仁、銀正雄、慕植等人。「小三三」一輩有林燿德、楊照、李二筠、邱清寶、李疾等人。朱西寧為「三三」導師，從日本到臺灣「中國文化學院」任教，後在日本爲「三三」籌集第一筆辦刊費的胡蘭成，爲其精神領袖。「三三」被稱爲一九七〇年代的一種「現象」，是臺灣文壇上的「大中國」或曰「右翼統派」的代表，可惜它是最後的「迴光返照」，所寫下的不是悲壯而更多的是「蒼涼的一筆」。

「三三」作者有眷村背景，他們受三民主義奶汁哺育，朱天文說：「我是向中華民族的江山華年私語，他才是我千古懷想不盡的戀人」。（註一二）這些此生此世不結婚的妙齡少女對「中華民族」立誓，「如同修女走上神壇，成爲耶穌的新娘的意味昭然若揭。」（註一三）

《三三集刊》的創辦原因也就是「三三」的來歷：它可以是「縱排出乾卦，橫排出坤卦」，也可以是《詩經》中的「賦比興」，或者是「三達德」，再或是「一生二，二生三，三生萬物」，又或是正好生在三月三春潮方生兮的日子。不管讀者如何聯想，「三三」所講得最多的是「『三位一體』眞神的故事」以及「『三民主義』眞理的故事。」（註一四）

「三三集刊」採取共同主編制，仙枝、馬叔禮、朱天文、謝才俊、朱天心爲負責人。他們回歸傳統，背誦四書五經，讀當代人的著作則多爲新儒學代表牟宗三、唐君毅。當然，「三三」諸人最愛讀的還是曹雪芹的《紅樓夢》。《三三集刊》還出現過「三三作家集體討論」的〈建立中國的現代文學〉長篇文章。這種專欄文字常用記實的方式幻化出沙寶、紅玉、金冠、早生旭一類的人物，其討論焦點是胡蘭成的《中國文學史話》。（註一五）「史話」作者所走的與新儒學苦學實證不同的禪悟道路，使年輕的「三三」諸人在思想上尋覓到了一個「大中國」烏托邦式的認同。

在一九七〇年代後期，在本地的鄉土文學與緬想中國文化的懷鄉文學之間，「三三」「企圖創造一個大中國文化爲中心的行動原則的努力」（註一六），以及不贊成分離主義，事後被人誤讀爲充當了「御

用文人」或國民黨壓制鄉土文學的「打手」。（註一七）

「三三」成員「年少早慧，聰穎早熟」。（註一八）在這一點上，與張愛玲相似，但張愛玲的模仿者、崇拜者畢竟太多了，因而當世故與性靈結合的「胡爺」突然出現時，便征服了他們。正是婉媚多姿的胡蘭成，再加上「程度不一的天眞與潔癖之後，形塑了三三諸人文字『內在老成，外在天眞』的表徵。」（註一九）

「三三」時間短促到只有四年（一九七七～一九八一），卻在臺灣當代文學史寫下實踐「張腔胡調」美學風格這不平凡的一頁。且不說光芒閃耀的新星也是流星的林燿德最早起步於「三三」，（註二〇）單說朱氏姐妹朱天文、朱天心，還有蘇偉貞、楊照、袁瓊瓊、謝俊才、呂岸、鍾曉陽、蕭麗紅、汪啓疆、丁亞民、蔣曉雲這些活躍在一九八〇～一九九〇年代的作家，哪一個不與「三三」的哺育有關？他們的風格不同：有的「現代」，有的「後現代」；有的「寫實」，有的卻是「超現實」。其文類不限於小說、散文、新詩，還橫跨戲劇、電影等藝術門類，給當代臺灣文壇增添了一道奇異的光芒。

其他「三三」成員終因文學觀點的分歧而分道揚鑣，導致「三三」落幕，但人們將永遠不會忘記在分離主義剛出現時而十分中國的「三三」。

第五節　葉石濤為靈魂人物的《文學界》

臺灣的文學雜誌集中在臺北市：他們走的是都市化、消費化、現代化的道路，而對本土不夠重視乃至忽略。在這種情況下，美麗島事件在七十年代末發生後，南部的高雄在政治、經濟、文化和意識形態方面，已逐漸成爲不同於臺北的另一中心。文學上也是如此，他們不走都市化的道路。

當王拓、楊青矗等人被捕坐牢後，整個社會陷入低迷的氣氛之中。作品的題材如涉及到二・二八一類的敏感問題，便無法與讀者見面。在這種「黑雲壓城城欲摧」的情況下，一九八二年元月在高雄創辦的《文學界》季刊，成了本土作家的「避風港」。該刊大量採用在別處發不出來的反體制、反威權或因種種原因無法問世的作品，如被國民黨列入黑名單的陳芳明（陳嘉農）的新詩、宋冬陽（陳芳明）的評論，以及廖清山的小說，在《文學界》均受到禮遇放在重要位置刊出。東方白在改組後的《臺灣文藝》突然停止連載的大河小說〈浪淘沙〉、陳冠學在報刊被切割後充當補白的長篇散文〈田園之秋〉，也在《文學界》完整地發表（註二一）。可見，《文學界》的編輯方針所體現的是以臺灣意識爲主的「非臺北觀點」，它的出版打破了「北部文學」壟斷文壇的局面，使高雄成爲「南部文學」的發源地和中心。

刊名沒有傾向性、問世時也沒有創刊詞的《文學界》，在葉石濤執筆的第一期〈編後記〉中，明確辦刊宗旨是建立臺灣文學的「自主性」。在創刊號另發表署名葉石濤的〈臺灣小說的遠景〉中，也指出臺灣小說今後的走向「應整合傳統的、本土的、外來的各種文化價值系統，發展富於自主性的小說。」坐過牢的葉石濤心有餘悸，將「自主性」塗上了一層保護色：「自主性強烈的表現並不意味著臺灣作家要建立脫離民族性格的文學……那麼當有一天，海峽兩邊的中國人共同建立現代化的、統一的民主國家時，臺灣文學的經驗與成就有助於壯大未來的中國文學。」（註二二）而年輕的理論家彭瑞金不打「太極拳」，他在《文學界》第二期發表的〈臺灣文學應以本土化爲首要課題〉中，主張不要使用羞羞答答的「鄉土文學」、「民族文學」這類名詞，直接使用「臺灣文學」這一稱謂，以表明「鄉土」是指臺灣而非大鄉土神州大地，「民族」不是中華民族而是「臺灣人」。可見，「非臺北觀點」即是「脫離民族性格」擺脫中原意識，與中國文學切割。

《文學界》雖然不是評論刊物，但它的文學評論極有分量，其影響並不亞於文學創作。該刊每期均有或小說家或詩人的評論專輯。評論者不固定一人，所採用的是「集評」方式，另還附錄被評作家的年表及著作目錄。這種專輯共討論了五位小說家和九位詩人。當時還沒有「臺灣文學系」，以本土作家為對象的研討會也極少召開，《文學界》所舉辦的「紙上研討會」（註二三），正好彌補了這一不足。

鑒於日據時代的臺灣文學資料被「自由中國文壇」所封殺，致使連李昂這樣的著名本土作家在七十年代中期也沒有聽說過賴和、楊逵等人的名字。《文學界》下決心改變這種情況，從檢視臺灣文學的傳統，整理新文學史料開始。

作為臺灣文學的另一個中心，《文學界》最重要的理論貢獻是催生了葉石濤的《臺灣文學史綱》。葉石濤、鍾肇政主編由遠景出版社出版的《光復前臺灣文學全集》，可看作「史綱」誕生的前奏。《文學界》本來有「葉六仁」——葉石濤、林梵（林瑞明）、陳千武、趙天儀、鄭炯明、許達然六人組成的「臺灣文學史」撰寫團隊，但最終合作不起來。當時最有資格寫臺灣文學史的本是經歷過不同時期文學的葉石濤。可在戒嚴時代，葉氏顧慮惡劣的政治環境，「他不得不謹慎下筆。因此，臺灣文學史上曾經產生的強烈自主意願以及左翼作家的思想動向也就無法闡釋清楚」。（註二四）

《臺灣文學史綱》的出版，是臺灣文學史上的一件大事。它問世後得到了不少慶賀花藍，同時也收穫了不少荊棘和蒺藜。不管怎麼樣，《文學界》策畫和支持《臺灣文學史綱》的出版，為高雄成為與臺北抗衡的另一文學中心起了重要的作用。「史綱」的出版，畢竟代表著《文學界》完成了自己階段性的使命。（註二五）該刊於一九八二年二月停刊，共出版二十八期。

第六節　孫起明等總編的《文訊》

臺灣一直把「文化」與「教育」混淆起來（註二六），這就難怪戒嚴時期各縣市沒有文化局，中央更沒有文化部，以前由教育部兼管文化事務。

爲糾正不重視文化建設的偏差，臺灣當局於一九八一年成立文化建設委員會，首任「主委」爲陳奇祿。在他的領導下，這個委員會把創設地方文化中心和保存、發掘臺灣民俗放在重要位置，使臺灣的文藝政策由過去以批判、破壞爲主，轉入以建設爲主。

這個轉變適應了時代的要求。本來，面對本土化的熱潮，國民黨發號施令的地方只有官方、黨方控制的文化產業，已很難對進入市場的媒體進行管制。這時前後左右文運的是強勢媒體，如《聯合報》、《中國時報》的文藝副刊，帶動了鄉土文學的崛起和報導文學的興起。

一九八二年，時任「文工會」主任的周應龍，除批准成立文藝資料研究及服務中心外，並創辦《文訊》。其背景是：大陸在葉劍英〈告臺灣同胞書〉的鼓勵下，已開始關注臺灣文學，認爲對岸的文學應該整合到中國當代文學這一格局中來。廈門和廣州還有北京的學者在加緊整理臺灣文學資料，爲撰寫《臺灣文學史》作資料準備。時在國民黨文工部門任要職的孫起明向周應龍建議：「臺灣文學是在臺灣的中國人的文學，所以我們應掌握這歷史的解釋權。」（註二七）爲把臺灣文學的詮釋權不被大陸學者拿去，於是一九八二年底孫起明等開始籌備《文訊》的創刊工作，一九八三年七月正式問世。

這份國民黨文工會出錢主辦的刊物，詩人焦桐曾參加編輯工作，以致被人「歸類爲國民黨黨工」

（註二八）。這不是戲言，首任總編孫起明就是一位資深的「黨工」，他當年負責跟蹤左派陳映真等人的創作，陳氏的小說出現了什麼政治問題乃至某個細節，都不能逃過他的眼睛。

雖說這是國民黨的文藝工作從政策指導型轉爲服務型的一個重要措施，但這個刊物創辦初期還留有服務於文藝政策的內容，如爲五十年代反共文藝樹碑立傳的「文學的再出發——一九四九年至一九六〇年的文學回顧」專號。即使到了九十年代，它打上的政黨烙印也無法消除掉，如一九九五年出版的總一〇九期〈宋楚瑜、黃大洲、吳敦義的文化理念與實踐〉，便成了選戰文宣的一環。脫去「黨工」外衣的繼任總編輯李瑞騰、封德屏，以評論家的身分精心製作各種很具史料價值的專題，讓其成爲臺灣唯一的刊登書評、書介和報導作家動態的雜誌。比起《中央日報》、《聯合報》、《中國時報》等副刊偶然刊登書評來，其字數要長得多，且開放島內外的來稿，不是由文教記者包辦，顯示出它的胸襟。

一九九七年，由於經費問題，《文訊》還被納入國民黨中央機關刊物《中央月刊》之中，作爲「別冊」形態面世。到了一九九八年八月後，又恢復單獨出版。隨著國民黨於二〇〇〇年成爲在野黨而導致經費再度拮据，便於二〇〇三年一月二日宣布停止對《文訊》的經營。以前數次叫停，由於文藝界友人爲其喊「冤」，總是停不了，這次眞的行動了，《文訊》只好轉爲由「臺灣文學發展基金會」捐助出版，這更利於《文訊》從政黨挾持中解放出來，恢復它以人文關懷、緊扣文藝脈動和整理文藝史料的特色。陳芳明在海外從事分離主義運動時，曾拒絕讀這份刊物，可後來《文訊》作出革新：努力超越意識形態局限，以文化服務身分去策畫各類專題，同時也發些持臺灣意識觀點的文章，甚至還給陳芳明開了專欄，使它成爲研究臺灣文學最完整最豐富的資料庫。這在國民黨所辦刊物中，是少數能被本土派某些人士認同的刊物。之所以說是「少數」，是還有些極端本土派不認同這個刊物，如一篇訪問鄭邦鎮的

〈臺灣文學體制化二十五年〉，其中對《文訊》雜誌的敘述以及《二〇一七臺灣作家作品目錄》編纂體例的討論，與事實不符，多有謬誤。（註二九）這不完全是史料問題，而是訪問文章的立場觀點與《文訊》南轅北轍有關。

作為臺灣當代文壇最負盛名的長壽文學雜誌之一，《文訊》以自己的實力、魄力、魅力經常邀請著名學者、文化評論家，探討當前文化與社會現象。從「人文關懷」等欄目中可以看見資深作家的智慧風華、中生代作家馳騁文壇的心路軌跡、年輕作家的初試啼聲，以及學者的人生歷程。《文訊》企圖為臺灣文學留下史料，先後編過《臺灣文學年鑑》、《臺灣作家作品目錄》、《臺灣現當代作家評論目錄》、《臺灣現當代作家研究資料彙編》，還舉辦「臺灣文學雜誌展」、「臺灣現代詩史研討會」、「百年小說研討會」、「青年文學會議」，以及《文訊》雜誌數百個探討臺灣文學的專輯、專題。儘管有的名稱上沒有寫明「臺灣」二字，但每一件都與臺灣文學息息相關。至二〇二一年七月，《文訊》已出版四百二十九期，社長兼總編輯為封德屏。有一段時間，該刊曾交給年輕人接棒，可失卻了原來的風格。現在仍然以整理史料為主，在「文」學與「訊」息之間獨具一格。

第七節　瘂弦等主編的《聯合文學》

臺灣一直缺乏大型的、準時出版、能按時發放稿酬、且印刷精美的雜誌，一九八四年十一月，這樣的雜誌終於誕生了，它由聯合報系創辦，刊名叫《聯合文學》。這裡所說的「聯合」，除取自《聯合報》的報名外，還有這樣的意義：「聯合不同文學作品兼容並包，聯合不同文學理想異中求同，聯合不同文學道路並行不悖。」該刊除每月出版一份雜誌外，還出版「聯合文學叢書」，並舉辦「小說新人獎」。由於這份刊物係聯合報出資，故最初的總編輯便是由《聯合報》副刊王慶麟（瘂弦）兼任。出滿五期後，由高大鵬（高達）接班，以後人事變動仍然頻繁：二十七期至三十八期由丘彥明、三十九期到五十八期由海歸人士馬森主編，六十三期至九十二期由現代詩人鄭愁予主編。鄭氏卸任後，九十三期到一一一期由有國際背景的鄭樹森主編。後來來了一位新人初安民，於五十九期至六十二期、一一二至一二二期代理總編輯，從一二三期起，則成爲年輕有爲的總編輯。他一上任就交出了改善刊物經營狀況的計畫書，要《聯合文學》走企業化、市場化的道路。他幹了多年後，覺得管這個刊物的婆婆太多，很難施展拳腳，許多美好的設想難以付諸實踐，便出走另辦一個大型刊物《INK印刻文學生活誌》。初氏離開後由釀造「陽光蜂房」的詩人許悔之接棒。許悔之強調雜誌要面向臺灣的本土性，保持與社會對話的前瞻性，爲大眾引介世界文學的國際性，爲廣大讀者服務的專業性。

《聯合文學》是八、九十年代華文文學界最亮眼的期刊。它從未延期、脫期、停刊。它是讀者觀察世界文壇的窗口，是臺灣文學愛好者觀看文壇風雲的望遠鏡。它對頹廢主義、超現實主義、新浪潮小說等西方的現代派理論與作品均大量引進。此外，對大陸三十年代作品用巨大的篇幅推出。據統計，該刊刊登的與大陸現代文學有關的文章在八十年代有六百五十篇左右。該刊不僅將臺灣，而且將香港、大陸，乃至東南亞的名家均網羅過來，其中還有世代交替的過程，其製作的專輯不限於文學，還把觸角伸進藝術、文化、政治等各個層面。如一九九四年十二月，對自稱「中共武力犯臺白皮書」的暢銷書，製作了〈會戡一九九五閏八月〉。該刊大陸部分還有京味小說，呂梁山的山藥蛋小說，上海的新感覺派小說，大膽突破性禁區的實驗性作品在該刊也經常出現。「魯迅與周作人，沈從文與錢鍾書，傅雷與梁實秋，張愛玲與梅娘，分別在不同專輯被重新評價、搜羅遺文，合觀更可衍生無限趣味；大陸當代作家莫言、蘇童、余華、西維、須蘭、賈平凹陸續的登場，香港作家西西、鍾曉陽魚貫登臺，流亡海外的高行健、王丹亦被安置於此。」（註三〇）

在名稱上，有「專輯」、「特輯」、「雅集」、「小集」各種不同的稱呼，這是爲了避免同一期的專題出現時重複。儘管面鋪得很寬，但《聯合文學》沒有忘記自己的根據地臺灣。除製作過朱天文、余光中等人的專輯外，也不忘記日據時期楊逵、張深切、呂赫若、鍾理和、龍瑛宗等作家的推介。這些作家的名字很多中文系的老師都聞所未聞，這對中文系的教育改革把本土文學納入自己的講授範圍，是一種推動力。至於對一九九五年底至一九九六年初去世的青年才俊邱妙津、林燿德，更重要的還有張愛玲，《聯合文學》均做專輯回顧他們的文學成就。

《聯合文學》不僅重視用漢語寫作的華文文學，而且對非華語寫作的作品也不忽略。如日本文學、義大利小說、拉丁美洲魔幻現實主義小說、法國新小說還有古巴文學，讀者都可以領略這些有異國風味的作品。

人文雜誌不能孤芳自賞，必須離開編輯櫃臺參與企劃行銷。詩人田運良擔任《聯合文學》編輯的同時，也兼任活動部主任，就是這一主張的實踐。

按照趙文豪〈臺北《聯合文學》小史〉的研究，《聯合文學》的發展可分爲純文學時期、文藝化時期、大眾化時期。（註三一）後者是年輕的王聰威所走的路線。比方有關張愛玲很多刊物都炒作過，而王聰威別出心裁開辦「張愛玲學校」，通過「授課」的方式來展現張愛玲的魅力。二〇一一年八月，《聯合文學》還製作過「同志文學專門讀本」專輯。這是很敏感的話題，也是年輕人很關心的性別議題。過了一個月又以「七年級」的新生代為主題，與臺灣文學館還聯合舉辦過「私文學年代——七年級作家新典律論壇」。

自初安民「叛逃」創辦新型的純文學雜誌後，《聯合文學》遇到了強勁的對手。為了和「對手」競爭，《聯合文學》在製作專欄時別具匠心，如二〇一八年六月僅書評就有新人新書、話題評書、指定書評、偏書評、快書評、開放書評、廣角等。固定專欄則有當代大師、聯文選書、作品刊登、文藝快訊。但這不能從根本上改變其刊物的風格和銷路都受挫的事實，不少原來的重要作者也同樣「叛逃」到新的發展舞臺。儘管林載爵老將出馬新任發行人，王聰威也還在堅守總編輯的崗位，但《聯合文學》的盛唐時期已很難再現。

第八節　林佛兒創辦的《推理》

臺灣文學期刊史上堅持最久的小說刊物是創辦於一九八四年十一月的《推理》月刊，由林佛兒獨資經營，林白出版社出版。每期二十萬字左右，以刊登介於純文學與通俗文學之間的推理小說為主，文學．推理．趣味為其特色。創刊號發表有鄭清文和陳煌的作品。該刊重視老作家，更重視文壇新秀。《推理》每期固定刊登二至三篇臺灣本地的推理小說，五至八篇為歐美、日本作品，另刊登推理小說的研究與評論和文壇動態，還開闢有「我最喜愛的名偵探」專欄。在引進日本作品方面，西村京太郎、陳舜臣、仁木悅子、齊藤榮等這些「江戶川亂步獎」得主，成了臺灣讀者心中的偶像。

《推理》第一期創刊號邀請前輩作家傅博寫了〈祝《推理雜誌》創刊〉。作為臺灣最著名的推理小說家林佛兒，也寫有〈總是一份期待〉，期待臺灣的推理小說可以像日本一樣繁榮。林佛兒邀一些知名作家寫稿，可有的作家說：「我是純文學作家，你怎麼可以叫我寫通俗小說。」另外有人不屑一顧，認爲寫通俗的推理小說是雕蟲小技。

二〇〇五年四月，《推理》出到二五二期，上面發表有下村作次郎撰、蕭志強譯〈葉步月的文學〉。這葉步月早在一九四六年就以中篇偵探小說《白晝殺人》出名。從一九八八年起，曾舉辦過四屆「林佛兒推理小說獎」，不僅有獎金，而且還結集出版。這個獎培養的作家主要有余心樂、葉桑、藍霄、蒙永麗等人。

林佛兒是堅貞的臺灣主義者。他不認同大鄉土，只認小鄉土。一九九八年，天津百花文藝出版社出版他的推理小說《美人卷珠簾》、《北回歸線》。後林佛兒發現這些書的上面印著「我國臺灣著名作家林佛兒作品」。儘管出版者考慮到作者的感受，沒有用「中國」而用「我國」，可林佛兒看後非常不高興，抗議多次無效，就不再把《島嶼謀殺案》交其出版。上述兩本書再版多次，版稅有兩萬多人民幣。由於林氏心有不悅，一直拖到二〇〇五年才領取。（註三二）

在天津出版不順，增加了林佛兒對大陸的反感。《推理》本是一本文學雜誌，可它在林氏每期執筆的〈編者的話〉中，總是離開文學抨擊時政：不是罵國民黨政權，就是發洩他對大陸的不滿，引發許多政治主張跟他不一樣的讀者的反感，訂戶由此直線下降。千禧之年，海外訂戶有兩百多位，到了二〇〇八年停刊前只有十來戶。據李若鶯的回憶，有一次林佛兒接到一位美國讀者打來的越洋電話，抗議《推理》放棄文學只談政治，以致對著他的話筒將雜誌撕毀。（註三三）林佛兒不認爲他的政論是《推理》停刊的殺手，且他也不後悔。

林佛兒最早創作的是雅文學，因而他反對別人將推理小說歸於大眾文學。他將刊物的讀者分爲知識分子、各行各業的精英，刊物的顧問群中就有如向陽、周寧、吳錦發、陌上桑、倪匡、島崎博（傅博）、陳恆嘉、景翔等。刊物也曾登載過司馬中原、鄭清文、袁瓊瓊等純文學作家嘗試寫的推理小說。就是後來舉辦推理文學獎，也邀請了並非專門寫推理小說的葉石濤、鍾肇政等人擔任評審。該刊刊載的理論文章，最有影響力的是第三期發表的傅博寫的〈推理小說的原理〉，提出「推理小說的『四項要件』，也就是『發端要神秘』、『經緯要緊張』、『解決要合理』、『結果要意外』」。

社址設在臺南的《推理》，於二〇〇八年四月停刊，計出版二八二期。該刊停刊後，由一批推理文學工作者於二〇〇八年四月創立推理文學研究會，主要成員有淩徹、紗卡、陳國偉等七人，他們推出「十大必讀書單」和舉辦首屆推理小說獎。

第九節　希代出版社的《小說族》

一九六二年七月創刊於臺北的《小說創作》月刊，發行人唐台寧，社長兼總編輯唐賢翔，一九八四年由汪成華接捧，於一九九〇年九月停刊，共發行三〇五期。

一九七七年三月，《小說新潮》創辦，由許長仁擔任社長，周浩正擔任發行人，編輯有張恆豪、曹又方、羅珞珈、許素蘭等人，第一期推出「七等生小說研究專輯」。此刊後於一九七八年五月停辦，共發行五期。

臺灣的小說刊物不多，代表性的有下面說的《小說族》。此外，還有創刊於二〇一二年六月、由

《INK印刻文學生活誌》出版和發行、初安民任總編的《短篇小說》。

《小說族》由希代出版公司於一九八八年五月創辦，一九九六年時發行人爲朱寶龍，總編輯爲林翠櫻。《小說族》創刊號除了有吳淡如的「主角劇場」，還有後來以政治小說著稱的黃凡和像一顆流星劃過天空的得獎專業戶林燿德。該刊不想重複以青年學生爲主的《明道文藝》和面向青少年的《幼獅文藝》，更不想複製報紙副刊的做法。它採用少見的二十五開本，很多地方均彩色印製，甚至打破同行是冤家的傳統觀念，推薦別的出版社的新作，以至在一九八〇年代造成一股旋風。《小說族》後來向《皇冠》看齊，連開本和包裝都模仿平鑫濤的手筆。這時，它再不是校園刊物，而希代出版公司也轉向經營本土浪漫小說作品，如葉小嵐、宋思樵。還有「玫瑰工作小組」的《我喜歡這個男人》以及和「星河夜語」節目共同舉辦的徵文活動。

《小說族》總第十六期編委有古蒙仁、周腓力、陳萬益、黃凡、康來新、鄭寶娟、劉克襄、羅智成、龔鵬程等。發行人仍是朱寶龍，總編輯則爲三墨，執行主編爲陳素金，編輯有李嘉麗等三人。每月專題有黃凡〈藏在指頭裏的財富〉、潘越雲和張洪量〈心愛妹妹的錢包〉、孫復華〈另一種ROC〉、林佩芬〈滾動的數字〉、詹玫君〈給我一個廉價的夢〉、林燿德〈財運〉、今靈〈三生石〉、李南衡〈以「賭」攻「賭」不得了〉，另有「焦點話題」〈如果你有一百萬，將如何運用？〉。李嘉麗的專欄屬於「照妖不鏡」，陳艾琳的長篇連載〈心的徘徊〉，對青年讀者也很有吸引力。該刊面向青年，標榜「青春有勁」，走的是通俗化乃至媚俗化的道路。在報禁未開放、三大報副刊及《聯合報》、《中國時報》文學獎成爲文壇守門員的情況下，它成功地推出吳淡如、楊明、林黛嫚等人的小說作品，進入市場機制和同行競爭。這本雜誌的特色是將校園文學做大做強，以致在一九八〇年讀者不斷在增加。據郭強生的概括，這本雜誌的特點是：

首先以「族」作為訴求，倒也預示了接下來社會經濟快速變化下的臺灣，不同年齡層、知識背景、消費能力的族群即將如雨後春筍誕生的現象。希代的年輕作家群幾乎都是經過了由《中央日報》副刊與《明道文藝》合辦的「全國學生文學獎」的檢驗，形象端正、文字造詣都透露著早慧。而在創刊前十期的《小說族》，每期除了已在希代出書的作者們以「主角劇場」方式寫作專題外，校園新人推舉也是它的重頭戲。（註三四）

從校園走向社會，從憑個人興趣到專業化，這與校園民歌一波未平一波又起非常相似。以校園作支撐畢竟圈子太小，只有社會化和商業化、職業化，才能擴大銷路，可是事實並非如此。「《小說族》早期的熱鬧，似乎又再一次驗證了文學/藝術創作，在體制的保守與時代變遷中，面臨『清純無邪』與『市場價值』選擇的尷尬。」（註三五）

該刊於二〇〇三年一月出至第一七八期後停辦。

注釋

一　呂正惠：〈從《筆滙》到《文季》〉，《文訊》二〇〇三年七月，頁四十四。

二　編　者：〈編輯手記〉，《文學季刊》一九七一年第一期。

三　呂正惠：〈從《筆滙》到《文季》〉，《文訊》二〇〇三年七月，頁四十六。

四　何　欣：〈我們的努力和方向〉（臺北市：《文季》第一期，一九七三年八月），頁一。

五　「使命文學」爲何欣在〈七十年代的使命文學〉所說，載何欣：《現代文學主潮》，臺北市：遠景出版社，一九七九年。

六　夏祖麗：《林海音傳》（臺北市：天下遠見出版公司，二〇〇〇年十月）。

七　夏祖麗：《林海音傳》（臺北市：天下遠見出版公司，二〇〇〇年十月）。

八　夏祖麗：《林海音傳》（臺北市：天下遠見出版公司，二〇〇〇年十月）。

九　王敬羲：〈白色恐怖．林海音．《純文學》〉，香港：《明報》，二〇〇一年十二月六日。

一〇　黃秋芳：〈《明道文藝》的淑世角力〉，《文訊》（二〇〇三年七月），頁九十三，本節吸收了此文的研究成果。

一一　曾萍萍：〈戰城南——分說景美、木柵的《文季》、《三三集刊》、《神州詩刊》〉，《文訊》（二〇〇六年十月），頁五十五。

一二　朱天文：《淡江記》（臺北市：三三書坊，一九七九年）。

一三　張瑞芬：〈明月前身幽蘭谷——胡蘭成、朱天文與「三三」〉，《臺灣文學學報》二〇〇三年第四期，頁一五八。

一四　曾萍萍：〈戰城南——分說景美、木柵的《文季》、《三三集刊》、《神州詩刊》〉，《文訊》（二〇〇六年十月），頁五十七。

一五　胡蘭成：《中國文學史話》（臺北市：三三書坊，一九八〇年）。

一六　楊　照：《文學、社會與歷史想像——戰後文學史散論》（臺北市：聯合文學出版社，一九九九五年）。

一七　楊錦郁：〈始終維護文學的尊嚴〉，《文訊》（一九九三年六月），頁八十二。

一八　張瑞芬：〈明月前身幽蘭谷——胡蘭成、朱天文與「三三」〉，《臺灣文學學報》二〇〇三年第四期，頁一五三。

一九　張瑞芬：〈明月前身幽蘭谷——胡蘭成、朱天文與「三三」〉，《臺灣文學學報》二〇〇三年第四期，頁一五四。

二〇　張瑞芬：〈明月前身幽蘭谷——胡蘭成、朱天文與「三三」〉，《臺灣文學學報》二〇〇三年第四期，頁一五四。

二一　彭瑞金：《高雄市文學史．現代篇》（高雄市：高雄市立圖書館，二〇〇八年），頁一九九。

二二　葉石濤：〈臺灣小說的遠景〉（高雄市：《文學界》第一期，一九八二年一月）。

二三　彭瑞金：《高雄市文學史．現代篇》（高雄市：高雄市立圖書館，二〇〇八年），頁一九九。

二四　葉石濤：《臺灣文學入門——臺灣文學五十七問》〈序〉（高雄市：春暉出版社，一九九七年），頁二。

二五　蘇美文：〈《文學界》研究〉，《臺灣文學觀察雜誌》第三期（一九九一年一月），頁七十六。

二六　林安梧：〈論「文化的休閑消費」與「文化的生長創造」〉，《文訊》（一九九五年二月），頁三十一。

二七　孫起明：〈應以前瞻性眼光評估《文訊》〉，《文訊》（一九九三年七月），頁八。

二八　焦　桐：〈《文訊》資歷〉，《文訊》（一九九三年七月），頁十。

二九　封德屏：〈上天有眼，暫時不語？〉《文訊》（二〇二一年八月），頁一。

三〇　陸　堯：〈經典與時尚——看《聯合文學》走向雙十年華〉，《文訊》（二〇〇三年七月），頁九十六。

三一　趙文豪：〈臺北《聯合文學》小史〉，載古遠清編纂：《世界華文文學研究年鑑・二〇一四》（武漢市：武漢大學出版社，二〇一五年），頁二二五。

三二　林佛兒：〈我的推理小說之路〉，《文訊》（二〇〇八年四月），頁八十一。

三三　李若鶯：〈孤星般的燈火，在彼岸亮起——悼念牽手林佛兒〉，《文訊》（二〇一七年五月），頁七十四。

三四　郭強生：〈窺見象牙塔外的實際面貌：談《皇冠》、《小說族》與《小說創作》〉，《文訊》二一三期（臺北市：文訊雜誌社，二〇〇三年七月），頁六十二～六十三。本文吸取了此文的研究成果。

三五　郭強生：〈窺見象牙塔外的實際面貌：談《皇冠》、《小說族》與《小說創作》〉，《文訊》二一三期（臺北市：文訊雜誌社，二〇〇三年七月），頁六十三。

第五章　戒嚴時期的詩刊

第一節　前衛的《現代詩》

傳統派吳濁流主張用「漢詩」稱「舊詩」，而新潮的紀弦在五十年代，卻主張用「現代詩」取代「新詩」的稱謂。

一九五三年二月，紀弦獨資創辦《現代詩》季刊。該刊封面刊出宣言，標舉兩大使命——新詩現代化以及重中之重的「反共抗俄」。這是戒嚴時代的要求，但該刊還不忘詩是藝術，因而在「戰鬥」的同時不忘「建設」。這「建設」是指肯定新詩，否定傳統漢詩，藝術形式上反對格律詩，主張新詩必須走自由化的道路，而自由化必須和現代精神結合起來。

《現代詩》的創刊外加一九五六年紀弦成立「現代派」，來勢頗猛，可「藍星」那時還在做新月派的抒情美夢，而「創世紀」正忙於打造「新民族詩型」，葉珊由此認爲風雲突起的《現代詩》，正在主宰詩壇，並武斷地認爲「現代詩」這個名稱已被「確定爲新詩的通稱」了。（註一）

這個說法經不起時間的檢驗。先說「現代詩」的含義，有廣義與狹義兩種。廣義的「現代」是指時間，相當於「現在」。具體來說，是經過「五四」文化革命，「新詩」取代了舊詩，而這「新詩」也就是現在的詩或「現代詩」。狹義的「現代詩」則是指不是用寫實手法而是用現代主義創作方法寫出的詩歌，如「現代派」詩人所寫的作品。

紀弦組織的「現代派」，「據說是得到了林亨泰的符號詩做為力證，才勇氣頓生的。」（註一）可他從未開過全體成員大會，也無理監事一類的組織，但有綱領。《現代詩》出至第三年後推出朱紅色封面的第十三期，刊登了紀弦執筆的〈現代派六大信條〉：

一　我們是有所揚棄並發揚光大地包含了自波特萊爾以降一切新興詩派之精神與要素的現代派之一群。

二　我們認為新詩乃是橫的移植，而非縱的繼承。這是一個總的看法，一個基本的出發點，無論是理論的建立或創作的實踐。

三　詩的新大陸之探險，詩的處女地之開拓，新的內容之表現，新的形式之創造，新的工具之發現，新的手法之發明。

四　知性之強調。

五　追求詩的純粹性。

六　愛國。反共。擁護自由與民主。

這六條，其實是紀弦一九五三年草擬的〈現代詩宣言〉的進一步理論化和系統化。對這六大信條，洛夫曾有過精闢的評論：

經過冷靜思考後，我們也許會發現，現代派六大信條中，最重要且能真正發生積極性影響的，不是第一和第二條，而是第三條「詩的新大陸之探險，詩的處女地之開拓，新的內容之表現，新的形式之創造，新的工具之發現，新的手法之發明。」也正是林亨泰所謂的「方法上的自覺。」如果當年紀弦在〈現代派信條釋義〉中，把「橫的移植」解釋爲西方現代詩各流派的表現技巧的中國化，就比較易爲國人接受了（註二）。

從一九六一年起，紀弦對自己提倡的現代詩就很不滿意，認爲現代詩沒有按照他原來的設想發展。這年夏天，他發表〈新形式主義之放逐〉，對現代詩行的排列很有意見。一九六一年秋發表〈袖珍詩論拾題〉之六即爲〈現代詩的偏差〉，這偏差是指新形式主義、縱欲主義、虛無主義。有些形式主義作品，使用了非節奏的文字，也運用了符號與外文，而其高高低低顚顚倒倒種種奇形怪狀的外貌，往往使得編輯頭痛，排字工人更是無從下手。紀弦稱這種魚龍混雜的作品，是「僞現代詩」。

一九五八年十二月，《現代詩》不再由紀弦身兼發行人、社長、總編輯，而由林宗源任社長，黃荷生任主編，後來同仁紛紛轉向「創世紀」、「藍星」詩社。《現代詩》共出版四十五期。終刊於一九六四年二月一日，而「現代派」解散是在一九六二年春，故「現代派」運動的衰亡應以這年春天爲準。

所有這一切，均意味著「現代詩」名稱的式微，它再無法被「確定爲新詩的通稱」，「新詩」的名稱於一九七〇年代以後在臺灣又再度流行起來，但「現代詩」的名稱畢竟已經寫進歷史。

紀弦牽頭成立「現代派」，在提倡新詩現代化方面做出了劃時代的貢獻。爲了傳「現代詩」香火，《現代詩》於一九八二年六月復刊，爲季刊。發行人羅行，社長羊令野，執行編輯有梅新、鴻鴻、陳克華、零雨等人。復刊號一半是詩，一半是文，周年專號全是評論與回憶，其風格與紀弦主辦的完全不同，它只具有紀念意義。停刊後又出了一種具有反叛意義的《現在詩》，由鴻鴻、翁文嫻、夏宇等人輪流主編。

第二節　溫和的《藍星》

在一九五〇年代中期，紀弦「領導新詩再革命，推行新詩現代化」之類的口號喊得震天價響，吸引了不少詩人，當時的臺灣詩壇參加者幾乎有三分之二。

也是從大陸去臺的資深詩人覃子豪對紀弦的做法很不以爲然，便和另一位元老級詩人鍾鼎文與紀弦聯手抗衡。抗衡的結果，於一九五四年三月二十日成立「藍星」詩社。同年六月，借《公論報》一角的半版刊出《藍星》詩刊，於一九五八年八月停辦，共出二一一期。

「藍星」詩社成員有「詩的播種者」覃子豪，抗戰時期成名的「番草」即鍾鼎文，被梁實秋喻爲「兩馬同槽」的余光中、夏菁和「詩僧」周夢蝶，以〈高山青〉一曲響徹雲霄的鄧禹平，「第一女高音」蓉子，「城市詩國發言人」羅門，文壇快筆張健，「詩壇儒者」向明，現代而浪漫的吳望堯，古典而冷靜的黃用，「繆斯最鍾愛的女兒」敻虹，獨來獨往的阮囊，古澀耐讀的商略，頗有創新精神的方莘等人，其中學院派人士不少。這個運動力和衝擊力不那麼彰顯的詩社，其風格可從張健的概括可看出：

> 藍星之門開向整個詩壇，嚴格的創作與純正的批評是我們主要的目標。門戶之見是我們努力避免的陷阱。……藍星的傳統精神是「和而不同」。……「藍星」的基本風格是「心平氣和」，中正

不偏。……既不標榜明朗，也不袒護晦澀；既不奢論民族風格，也不揚言文學的世界主義。（註三）

一九五四至一九六四年，由於「藍星」不少同仁還沒有出國，人力財力較為雄厚，尤其是彼此均保持著年輕人的朝氣與衝勁，故「藍星」除擁有週刊、季刊、詩頁等各類型詩刊外，還經常舉辦各種詩獎和朗誦活動，同仁又接連出版詩集，這是「藍星」的全盛時期。

一九六三年，覃子豪去世。「藍星」的中堅人物黃用和吳望堯也先後告別了繆斯，「藍星」的發展便進入後半期。這時期支撐「藍星」局面的主要有羅門、向明、周夢蝶、張健、蓉子、夐虹等一大堆詩翁、詩媼，而余光中取代了覃子豪，成了新的掌門人。

就是這樣一個沙龍式組合的「藍星」詩社，不僅在一九五〇年代和「現代詩社」爭霸，而且在一九六〇年代與「現代派」、「創世紀」三分天下。半個世紀來，「藍星」好像藍天上的一顆星，時明時滅。它不斷推出版式變化大的各種類型詩刊，如《藍星新詩週刊》、《藍星宜蘭版》、《藍星詩選》、《藍星詩頁》、《藍星季刊》、《藍星年刊》等等，到二〇〇六總計出版了三六七期，前後有五家出版社資助。其中九歌版《藍星詩刊》影響最大，按白靈的概括有三個特色：一是開放，刊登作品不限於同仁，是臺灣唯一幾乎完全開放的詩刊。二是無為，沒有什麼宣言和主張，不強調「詩社的光輝」。對培養新人，也顯得意氣闌珊，毫不積極。三是平衡，對同仁詩作的處理和對大陸詩作的安排不像別的詩刊那樣壁壘分明，更沒有笠詩社的「臺灣主權」心態。「藍星」這種和而不同、自由創作、不呼口號的精神和風格，預告了八十年代心智解放、全然自由時代的來臨。（註四）

走民間路線的《藍星》，一九九三年停刊後，又於一九九九年三月三十一日奇蹟般地起死回生。它披著「淡藍為美」的外衣，以《藍星詩學》的名義出現在淡江大學中文系校園。《藍星詩學》所承繼的是「藍星」抒情、中庸的傳統。可惜的是淡江大學的《藍星詩學》二〇〇四年變成年刊後，二〇〇七年十二月三十一日出至第二十四期後即夭折——如此停停復復，復復停停，「藍星」已有晚唐的興嘆。還要說明的是：沒有參加「藍星」但在該詩社出過書的楊牧，從未正式加入過「藍星」。陳寧貴曾質疑「藍星能成為恆星嗎？」事實上，「藍星」不可能成為恆星，包括任何一個詩社都沒有必要也不可能成為「百年老店」。尤其是「藍星」的詩翁詩媼余光中、周夢蝶、羅門、張健、蓉子陸續走了以後，所謂「星空無限藍」已成為歷史了。

第三節　激進的《創世紀》

《創世紀》詩刊一九五四年十月十日誕生於高雄，創辦人為在左營炮兵中隊工作的張默、時在鳳山大貝湖海軍陸戰隊服役的洛夫。不少人均以為瘂弦曾參與創辦，其實，他是一九五五年加入的。這個由張默起名的詩社，填補了南部詩壇的空白，後來還和北部的「現代詩社」、「藍星」形成三足鼎立的局面。該刊沒有「現代派」紀弦一人獨霸的領導，也沒有「藍星」覃子豪、余光中兩代人的磨擦。如果說快捷和獨立苦撐的張默是汽車的發動機，那具有儒家風度的瘂弦和勇於拚搏的洛夫，則分掌方向盤。三人互補，成了真正的鐵三角，這就是為什麼該社的幸運就在聚而不散，成為臺灣所有詩社中極具凝聚力的團體。

「創世紀」的發展史可分爲三個階段。第一階段爲新民族詩型時期：一九五四年十月至一九五八年四月，《創世紀》第一至第十期。第二階段爲超現實主義時期：一九五九年四月至一九六九年元月，《創世紀》第十一至二十九期。在這一階段，他們像剛出爐的鋼鐵，熱血沸騰，意志鷹揚。他們雖然沒有像紀弦那樣高喊「新詩再革命」的口號，卻有戰士衝刺的驃悍，特別是負責編務的張默除舊布新，擴充內容。選稿標準不再看中「戰鬥詩」，改爲向外國詩歌借鑒，由葉笛等人翻譯了法國梵樂希、德國里爾克以及凡爾哈侖、艾略特、阿波里奈爾、聖約翰、波斯等眾多西方詩人的作品。這時《創世紀》作者充分吸收外國詩的養料，寫了許多用超現實主義手法創作的實驗性作品。和標榜突破精神局限相聯繫，「創世紀」趁「現代派」從巔峰中跌落和「藍星」的光芒暗淡之時，大量接收這兩個詩社的人馬。《創世紀》不僅在人緣、作品上有良好的表現，而且在透過詩刊等媒體建構自身典範即建立現代詩的典律上，也做了不少重要的工作，如編選《六十年代詩選》、《七十年代詩選》、《中國現代詩論選》等。雖然這些選本包容性不夠，有一社獨大和西化的傾向，存在著不少爭議，但畢竟保留了許多重要新詩史料，爲文學史家研究打下了基礎。至於超現實主義風潮的退卻，自洛夫於一九六五年離臺到越南開始。

一九六九年一月《創世紀》出自二十九期後停刊，詩社亦隨之「休克」，以外省籍詩人爲主體的臺灣的現代主義運動乃告一段落。

第三階段爲回歸東方時期。《創世紀》於一九七二年九月改組復刊。在世代交替方面，老一代放手讓新人編輯該刊。一九八七年開放大陸探親後，他們又寫了許多具有民族特色的「探親詩」，並積極推廣與大陸的詩學交流。這時的理論主張，最值得重視的是洛夫提出的「大中國詩觀」（註五）所確立的

「立足臺灣，放眼大陸，通往世界」的路線。進入世紀末後，該刊儘管人事變動頻繁，但仍以詩刊外加同仁詩集、詩選和詩活動影響詩壇。

如果說，後起的《臺灣詩學季刊》是最亮麗的詩刊，那末，《創世紀》則是在長壽媒體中永葆青春、其寶劍的鋒芒仍不減當年的詩刊。它就像一株蒼勁的雪松，不僅在作品的前衛上、論述的深度上，而且在史料的整理和精編細校方面，均堪稱一流。洛夫曾這樣歸納該詩社的兩大傳統：一是追求詩的獨創性，重塑詩語言的秩序；二是對現代漢詩理論和批評的探索與建構。（註六）到了一九九〇年代後，該刊愈來愈成爲兩岸三地乃至世界各地華文詩歌交流的橋樑。不過，近年不再強調「中國詩觀」，甚至有人稱大陸爲「海外」。

第四節　明朗的《葡萄園》

一九六二年五月，結業於新詩研究班的一群青年，組織了「葡萄園」詩社，並在同年七月十五日創辦了《葡萄園》季刊。詩社發起人有古丁、陳敏華、李佩徵、文曉村、藍雲、王在軍、宋后穎等人，其中古丁是《葡萄園》早期的詩論家，王在軍曾擔任三十五年的發行人，李佩徵爲創刊號和早期《葡萄園》社長。前後加入該詩社的有五、六十人。據文曉村解釋說：「葡萄園」的含義是使人聯想到在基督教的聖經裡，它不僅具有眞理、生命、教會等含義，更是生命的象徵。同時，「葡萄園」這個詞也含有一個需要開墾、種植、澆灌的園地，任何園丁想要從中得到果實，都必須付出辛勤的勞動。（註七）他們於一九六五年辦的「葡萄園詩獎」，堅持本刊同仁不參與的原則。

這是在臺灣少數有「主張」又有「道路」的同仁詩刊，創刊以來雖然沒有激起過驚濤巨浪，但作為一個有相當影響力的長壽詩刊，其辦刊個性鮮明。該刊在〈創刊詞〉中強調：「我們希望：一切游離社會與脫離讀者的詩人們，能夠及早覺醒，勇敢地拋棄虛無、晦澀與怪誕，而回歸眞實，回歸明朗，創造有血有肉的詩章。」他們敢於亮出「明朗」的旗幟，這需要勇氣。當時的一位著名前衛詩人就懷疑該刊「眞不知道他們的箭從哪裡射出」，《葡萄園》為此連續在社論和專論中批駁。該社的詩論家除古丁外，另有文曉村和從屏東引進的李春生。如果說文曉村的詩論在現實主義詩派中所扮演的是宣傳家、鼓動家的角色的話，那麼李春生就是名副其實的理論家。

在「健康、明朗、中國」的路線上走過漫長道路的「葡萄園」詩社，對現代詩由晦澀回歸明朗，由貧乏虛無回歸眞實健康，由過分西化回歸中國根植泥土的過程中，以及在培植青年作者的默默耕耘中，在新詩教育的普及工作中，付出了許多心血和汗水。該社出版過《葡萄園詩選》、《葡萄園詩論》、《葡萄園小詩》、《葡萄園三十週年詩選》、《葡萄園目錄（一九六二～一九九七）》。先後任該刊主編的有文曉村、吳明興、白靈、台客、賴益成等人。該刊還舉辦過兩岸詩刊、兩岸女性詩歌研討會。在文曉村主政時期大陸特約編委有古繼堂、古遠清、呂進等人。

「葡萄園」詩社的同仁，是「健康、明朗、中國」路線的實踐者。這裡講的「健康」，是指詩的社會功利，提倡詩應有思想、道德的力量。健康，首先是指詩的主題、內容。健康的詩，不同於內容虛無、頹廢的作品，它所表達的思想積極向上、發展進取。

所謂「明朗」，是針對臺灣詩壇的西化之風提出的。《葡萄園》創刊時，正值詩壇颳起一股向「西天取經」的狂風。「現代派」詩人由於熱衷搞「橫的移植」，詩寫得如天書難懂，文曉村在《葡萄園》

創刊詞中明確地提出自己的編輯方針：「歡迎一切有生命、有個性、風格明朗，或者含蓄不晦澀的創作與翻譯以及詩論、詩評等稿件。」並指出：「如何使現代詩深入到讀者群中去，爲廣大讀者所接受、所歡迎，乃是當前所有詩人不可推卸的責任。」由此可見，「明朗」和「健康」的主題密切相關。換句話說，「健康」的主題極適合用「明朗」的風格表現出來。

所謂「中國」，是指詩要有中國文化的內涵，尤其要表現出對祖國的熱愛和對現實的關注。「葡萄園」同仁的中國詩，其祖國情結大量透過紀遊詩表現出來。

所謂「中國」詩，在形式方面表現爲有鮮明的中國作風和中國氣派。在這方面，具有陽剛之美的王祿松詩，讀之眞可謂是「新章走雷霆，奇詞飛霹靂。」傳統題材在作者筆下，開出了奇異的花朵。

《葡萄園》雖然在堅持出版，但在新世紀刊頭已去掉「健康、明朗、中國」六個大字。在文曉村過世後，其影響力大不如從前。

第五節　本土的《笠》

成立於一九六四年的「笠」詩社，是對大陸遷臺詩人主宰詩壇的一種反制。「笠」爲臺灣庶民遮風擋雨的斗笠，它是那樣純樸、篤實，又是那樣富於原始美。它是「島上人民勤奮耐勞、自由與不屈不撓意志的象徵」。（註八）

「笠」詩社不同於「藍星」、「創世紀」之處，在於發起者十二人全是省籍詩人。正因爲它是體制外的文學團體，開始成立時其刊物只好附屬於曙光文藝社中，一直到一九六五年十月才登記成功。該社成員以鄉土作家爲主，另有個別如非馬那樣的大陸省籍詩人，還有兩位生於臺灣後定居日本的詩人。他們中的不少人懂得世界主要語系，有一支強大的翻譯隊伍。在一九八〇年代，《笠》跟日本、韓國結成亞細亞詩人聯盟，每兩年出版一冊中、英、日、韓詩集，其中《笠》詩社對日本詩歌的介紹，做了大量的工作。《笠》詩刊最具特色的專欄是從日本移植過來的「作品合評」。

「笠」詩社的組成，有一九一三～一九二九年在臺灣出生的「跨越語言的一代」。他們的加入，增強了「笠」詩社的陣容，其中個別詩人還左右了早期「笠」詩社的發展方向。另有一九三〇～一九四五年戰後成長的詩人是詩社的骨幹力量。此外，還有一九四六年戰後出生的原稱新世代詩人現成了中堅代詩人的曾貴海、李敏勇、陳明台、莫渝、鄭炯明等。

這些世代詩人由鄉土意識逐漸轉換爲本土意識，在風起雲湧的黨外運動中，其詩作不同程度表現了「在地性格」、「現實聲音」和反叛主流話語的精神。這三代詩人多半能寫、能論、能譯。無論這些詩人是偏向自然主義、寫實主義、表現主義、新即物主義、結構主義，或採用象徵手法，或崇尚浪漫主義以至超現實主義，甚至是印象主義，都能做到混聲而合唱。這些不同詩學主張作者的作品，集中體現在一九八六年出版的三十冊《臺灣詩人選集》、一九九〇年推出的二十多本「臺灣詩庫」和一九九二年出版的《笠》詩選《混聲合唱》、二〇〇五年出版的《穿越世紀的聲音：笠詩選》中。「笠」的同仁詩集（含選集）超過三百冊，這是名副其實的「笠集團」。

《笠》詩刊大力標榜社會性、現實性和弘揚鄉土寫實的主張。按解昆樺對「笠」詩社成長史的研究，一九六四年六月出版的第一期到一九六九年八月出版的第三十二期，爲「詩學批判時期」，從一九六九年十月第三十三期到一九八一年二月出版的第一〇一期，爲「鄉土現實時期」。在這一時期，陳千武以「笠」詩社代言人的身分，提出「雙根球說」（註九）。從一九八一年四月出版的第一〇二期到一九八七年八月出版的第一四〇期，爲「社會批判時期」。從一九八七年十月出版的第一四一期起，進入「本土精神時期」。他們反體制，是站在詩人社會批評的立場。「笠」先後任主編的有林亨泰、白萩、李魁賢、桓夫、林煥彰、趙天儀、李敏勇、郭成義、岩上、林盛彬、莫渝、李昌憲等人。這份名單中，最值得重視的是具有中國意識的林煥彰「混入」具有強烈臺灣意識的笠詩社中。不過，他很快發現自己與他們不同調而退出。從創刊以來，《笠》詩刊一直堅持每兩個月出版一期，從未間斷過，這是其他詩刊無法辦到的。

「笠」詩社在詩學建構上，最有特色的是「本土詩學」。經過李敏勇、李魁賢、陳千武等人的闡述和建構，終於形成一套系統的理論。「笠」詩社與別的詩社建構自己詩學的不同方式是，通過獨特群體的歷史追敘方式，如一九八八年十二月至一九九〇年十月出版的第一四八期至一五九期，所舉辦的研討會便是最好的證明。《美麗島詩集》和《混聲合唱》以及從二〇〇八年起每年一本、由春暉出版社出版的《臺灣現代詩選》，則是「本土詩學」的具體實踐。

這種詩學是對當代臺灣詩學的一種補給，但它「透過建構臺灣戰前政治文化史的儀式，在臺灣的母土上，追認他們自己的父祖」（註一〇），其視野與創社時完全不同。

第六節　敲鑼打鼓的《龍族》

在臺灣現代詩發展過程中，七十年代是從西化向傳統回歸的轉折年代。在這段時間內，基於現代詩所出現的脫離現實、脫離傳統、脫離讀者的危機，因而激起許多新世代詩人反思時代與傳統的關係，主張詩人要從西化陰影的籠罩下解放出來，即「龍族」詩刊在創辦宣言中所說的：

我們敲我們自己的鑼，打我們自己的鼓，舞我們自己的龍。（註一一）

這裡四個「我們」再加上三個「自己」，顯然是相對西化的「他們」和「異己」而言。特別是「龍」字，突出了中國精髓和靈魂，表明新的一代在追求一種全新的信仰。

成立於一九七一年元月的「龍族」詩社，其名字不僅象徵著一個生龍活虎的生命，一個令人肅然起敬的形象，而且還蘊含有強烈的「中國意識」。該社成立是青年詩人覺醒的標誌——走自己的路。

作爲不是「迷途的一代」的他們，厭惡反價值、反道德以及絕對的虛無與自瀆。正因爲他們心理健康，不是「現代派」患者，故有的詩評家認爲「龍族」廣納了「藍星的抒情風格」、「葡萄園的明朗素樸的語言」和「笠的本土現實關懷。」

「龍族」詩社發起人有蕭蕭、辛牧、施善繼，另有林煥彰、林佛兒、喬林、景翔、陳芳明、蘇紹連陸續加入，是爲創社「九龍」。到了一九七二年二月出版的第五期，有「龍族詩社第二年同仁名錄」，增加了黃榮村等三人，陳秀喜等五人則爲榮譽同仁，到了第六期還有高上秦（高信疆）等人加盟。如此龐大的陣容，難免魚龍混雜（如堅持中國性的施善繼與堅持臺灣自主性的林佛兒，以及後來從「中國」到「臺灣」的陳芳明），蕭蕭便於一九七二年五月三十日以「保持評論者的清醒及心境欠佳」爲由退出，蘇紹連也跟進。

《龍族》詩刊從一九七一年三月三日創刊到一九七六年五月終刊，運行五年一共發行了十六期，其中「鑼鼓陣」、「龍爪」專欄，最能代表該刊的風格。前者有「該敲該打的，就應該敲就應該打」的前言，內容爲摘錄社外來信探討現代詩的寫作問題，另有趙天儀在第六期發表的質疑龍族作品的文章，郭楓對龍族風格的歸納和討論，還有關傑明表示不滿該刊登載太多外國詩人的介紹。

《龍族》共刊出五五五首作品。在評論方面，也交出了漂亮的成績單，共發表了八十八篇，最有水準的是陳芳明分四次刊完的「余光中作品研究專論」。平心而論，《龍族》並不具有引導潮流的作用，也更談不上是詩壇的執牛耳者，但高上秦主編的《龍族評論專號》，卻激起了臺灣詩壇對「橫的移植」的反省。

敲鑼打鼓的「龍族」另出有《龍族詩選》。這個群體的整體影響，遠大於詩人的成就。它反對晦澀詩風，主張詩人關懷現實，使用抒情文體；要寫得樸素明顯，富於中國特色，從而成爲一九七〇年代社會寫實路線的開路先鋒。

關於「龍族」詩社在七十年代臺灣詩史上的地位，蕭蕭曾作出這樣的評價：

《龍族》詩刊的出版，預示青年詩人的覺醒，高上秦策畫出版的《龍族評論專號》更激起詩人與世人的反省，這種反省不是立即反應，即刻顯現，但浸漬式的效果，慢慢使現代詩更富生機。「龍族」詩人本身貢獻不大，但詩社詩刊所象徵的意義卻極大，包括中國的、青年的、現實的三個特殊意義，與上一代詩人顯然有了不同的面貌。（註一一二）

陳明柔也認爲：「龍族」最主要的精神在於——

它代表了七十年代新詩風潮的主要走向，與七十年代後半期鄉土文學論戰中文學路線之爭，及其後迅速發展成對臺灣文化、政治哲學與意識形態等論辯的本質精神是可以相貫通的。因此，《龍族》以其持續五年的活力所標舉出來的——詩向本土的回歸、與傳統的結合、對現實的關切，可以說是七十年代新詩風潮中最具有代表性與歷史意義的。（註一三）

第七節　左傾的《詩潮》

成立於一九七七年五月一日的「詩潮」詩社，其同仁主要有丁穎、王津平、高準、郭楓等人，後又有詹澈加盟。在一九七七年五月《詩潮》創刊號上，以顯著地位登出高準執筆的〈《詩潮》的方向〉：

一　要發揚民族精神，創造爲廣大同胞所喜見樂聞的民族風格與民族形式；

二　要把握抒情本質，以求眞求善求美的決心，燃燒起眞誠熱烈的新生命；

三　要建立民主心態，在以普及爲原則的基礎上去提高，以提高目標的方向上去普及；

四　要關心社會民生，以積極的浪漫主義與批判的現實主義，意氣風發的寫出民眾的呼聲；

五　也要注意表達的技巧，須知一件沒有藝術性的作品思想性再高，也是沒有用的。

這五大目標，概括了一九七〇年代眾多詩人的努力方向和表現題旨。

《詩潮》的方向不僅與一九七〇年代主流詩壇不合拍，而且也與「鄉土文學」不完全相同，即它關心臺灣社會的同時，更關心整個的祖國。在批判現代主義方面和「鄉土文學」目標一致，但它所高揚的「民族文學」旗幟，其視野顯得更為寬廣，即它心目中的「鄉土」，不局限於臺灣而包括整個中國。該刊設的專欄，除有「詩潮論壇」、「新詩史料」外，另有「新民歌」、「工人之詩」、「稻穗之歌」、「號角的召喚」、「燃燒的爝火」、「純情的歌唱」、「鄉土的旋律」等。

在鄉土文學論戰中，高準再次被人落井下石。事情系由官方文人彭品光指責《詩潮》第一集封面封底設計，有遙遠的大陸，有海洋，有海島，天空和大陸是一片通紅，海洋和海島是一片黑暗：「所指為何？相信大家都很清楚。」（註一四）高準辯解道：事實上，無論封面與封底，均無大陸，也無海島。唯一的罪狀大概是用了紅顏色。「紅顏色是不能用的嗎？這裏的旗幟不也是有大塊紅地嗎？」彭品光指控的另一理由是《詩潮》第一集為「倡導工農兵文學的專輯」：一是《詩潮》包含有「工人之詩」、「稻穗之歌」與「號角的召喚」，這三組作品正是「工、農、兵」。高準反駁說：《詩潮》在詩創作方面，一共分了九組，其中「工人之詩」、「稻穗之歌」是發揚民生主義精神。關於工人與農人的詩篇，臺灣一向極缺，所以特別標示出給予園地。但「號角的召喚」並不是以軍人為主題的。

正因為高準思想左傾，同情下層人民，故臺灣安全部門緊盯住他不放，以至《詩潮》出至第三期即被查禁。這是臺灣白色恐怖時期被查禁的第一本詩刊，同時也成了引燃鄉土文學大論戰的導火線之一。

《詩潮》因經費不足，脫期嚴重。第二集出版於一九七七年十二月，第三集出版於一九七八年十一月，第四集出版於一九八〇年十二月，後休刊。一九八七年二月、一九八九年三月、一九九四年十二月又出了三期，至七集後停刊。連年刊都不是，可見其出版之艱難。

《詩潮》很重視評論，較重要的有刊登在第二集的〈現代詩的方向〉的座談紀要，第三集陳映真用「許南村」筆名發表的〈現實主義藝術的新希望〉，第四集有高準的〈中國文學的前途〉，尤其是香港作家也斯整理的〈愛荷華的中國文學座談會〉記錄，有很高的史料價值。

高準思想偏激，人緣極差，且長期失業，致使其無法實現給詩壇一片淨土的美好理想。頑強的他不怕孤獨，不懼寂寞，更不甘心失敗，於二〇一七年五月出版《詩潮》第八集，內有他批判大陸學者〈邪辭知其所離——答湖北古遠清文六件〉，裏面充滿了情緒語，如古遠清批評高準不應以個人恩怨評價余光中，高準說余光中的〈鄉愁〉是「兒歌」，而他自己寫的〈念故鄉〉比余光中高明。古遠清批評高準所主張的「中華聯邦」不切合實際，高準馬上說古氏是共產黨。在臺灣，用這麼長的篇幅批評古遠清，非常鮮見。由於他這些論戰文章邏輯不清，個別處還有人身攻擊的成分，故《葡萄園》、《新地文學》、《傳記文學》（後期）都不願意刊登他這種充滿火藥味的「檄文」。

二〇一七年高準另出版有《〈詩潮〉選集》，從此《詩潮》正式劃上句號。

第八節　唯美的《秋水》

《秋水》是臺灣詩壇唯一由女詩人長期主編的刊物，是唯一奉行唯美主義路線的雜誌，唯一從一九七四年元月創刊起就橫排的刊物，《秋水》是臺灣老牌詩刊中唯一先有詩刊後有詩社的雜誌。（註一五）

在創辦人古丁執筆的《秋水》〈創刊詞〉中，聲稱「只為開闢一塊乾淨的園地，使愛好詩的朋友作歸隱式的吟哦。」這本創刊號，只有四十四頁，套色封面使用的是山水圖畫的圖案，「樸實中不失典雅的風格」。（註一六）這期詩刊的作者有古丁、紀弦、涂靜怡、向明等十七人。

從一九八九年元月開始，《秋水》變成一本「同人詩刊」，版權頁上寫有創辦人古丁，發行人綠蒂，社長雪柔。作爲主編的涂靜怡始終掌管著《秋水》的一切編務。

革新後的《秋水》，封面與以往不同，由原來的套色，變成了美麗的彩色，圖案也特別選用出版多本《插花藝術》專書上的作品。不同凡響的造型，只見彎曲有致的藤蔓下躲藏著幾朵含羞的雛菊。這種空靈到不沾一點塵埃的構思，非常符合該刊唯美的特色。

新組合的十一位同仁，均是熱心推動《秋水》向前發展的功臣：前輩詩人墨人、資深詩人麥穗、一信、藍雲、童佑華、劉菲、汪洋萍、薛林和《陽光小集》的編輯陳寧貴，以及當時一心想協助《秋水》發行的張朗。該刊還特別邀請了四位在詩壇上小有名氣的女詩人胡品清、張秀亞、朵思和旅居加拿大的彭捷做該刊顧問。在篇幅上由原來的一百頁增加到一二八頁。新的《秋水》不像過去那麼柔和，多了一點陽剛之美，但讀者不習慣這種轉變，改變《秋水》風格的陳寧貴編完六十那一期後也就不編了。

爲適應兩岸文學交流的需要，《秋水》從一九八九年元月起開闢「大陸詩人作品欣賞」專欄。可後來《創世紀》發表署名「司馬新」（張默）的〈打開天窗說眞話〉，稱爲大陸詩人編專輯的《秋水》，係收容大陸劣質詩作的「垃圾桶」。

詩刊詩社間的矛盾，離不開文學制度的制約。與大陸不同，臺灣的詩刊全都不是公辦。由於靠同仁出資辦刊，經費有限，像《秋水》就曾出現過一些同仁只掛編委名而不交同仁費的情況。這就不難理解：詩刊詩社爲什麼大都囊中羞澀，在臺灣新詩史上爲什麼會沒有一家著名詩刊曾給作者發過稿酬。

走過四十年從不停刊、合刊且擁有二〇〇六四月十六日成立的「秋水詩屋」的《秋水》，因掌舵者涂靜怡年老多病，決定出至二〇一四年總第一百六十期停刊。這四十年來，《秋水》的主編及同仁付出了全部心力與青春歲月。後來的同仁增進共十五位：麥穗、藍雲、綠蒂、雪柔、靈歌、汪洋萍、薛林、林紹梅、童佑華、風信子、李壟、夏威、趙化、琴川和亞孅。

涂靜怡主編時期的《秋水》所追求的唯美，來源於發生在法國的象徵主義或頹廢主義運動，是國際性文藝運動在英國的分支。其本意是追求絕對的美，純淨的美，但眞正意義上的唯美並不存在於這個亂象叢生的臺灣。涂靜怡提倡唯美，也就是主張「爲藝術而藝術」，強調不食人間煙火超然於生活的美，追求形式的完美和脫離現實的藝術技巧的純熟。在技巧美這方面，涂靜怡是做到了，但要做到不食人間煙火，卻非易事。

在那個高度自由化的寶島，只要願意出錢出力，就可以辦詩刊。這些詩刊差不多都帶有一定的排他性。由於「排他」乃至「對抗」，詩人愛打筆仗的情況，比小說界、散文界格外突出。儘管如此，無論是臺灣還是大陸，詩友們都希望秋水長流，原該刊發行人綠蒂不負眾望，於二〇一四年十月復刊《秋水》，這時的發行人兼主編綠蒂。顧問爲余光中、洛夫等。社長爲梅爾。這種編輯陣容：把當年主編的勁敵洛夫請到顧問群中，這也打破了過去與「創世紀」老死不相往來的局面。

第九節　不純的《陽光小集》

由向陽、張雪映、李昌憲、沙穗、陳煌、莊錫釗、陌上塵、林野八人發起、在高雄熱河一街三百九十號成立的《陽光小集》，從一九七九年十二月創刊到一九八四年六月，共出版十三期。創刊號沒有刊登社址和誰是負責人，成員多半爲南部詩人。第二期由臺北故鄉出版社發行，陌上塵任社長，編輯部設在高雄市。第三期向陽任社長，陳煌爲副社長，張雪映任主編，李昌憲任執行編輯。第四期李昌憲改任主編，苦苓任副社長。第五期轉爲雜誌型出版，由張雪映任總編輯，編輯部遷往臺北。第九期向陽改任發行人，張雪映任社長，苦苓任總編輯。該刊因爲沒有向政府登記，遭查禁。第十一期完成登記。一九八三年九月由李昌憲任主編，編輯部遷回高雄市。經費來源由每個會員交一萬元新臺幣解決。

《陽光小集》前四期以同仁合集的形式問世，一九八一年三月第九期改爲雜誌出版後，除原先吸收的「暴風雨」、「綠地」、「詩脈」、「北極星」四個詩社的同仁外，又新納了「草根」、「創世紀」、「藍星」、「主流」、「大地」等詩社同仁或更年輕的詩人，由此承襲了各新生代詩人的詩風和主張，其著力點以世代組成而不強調信條、主義，不立門派，「不主張某種來自某時某空的繼承或移植」（註一七）。最初他們只想辦成一份風格純淨的青年詩刊，沒想到後來竟成了風起雲湧的一次際會，同仁擴大至四十五人，連著名詩人張錯以及許露麟也被網羅在內，另還有藝術家、民歌手參與。成員來自四面八方，文風可謂是百花齊放，但基本上沿著一九七〇年代以來回歸傳統的思潮創作。這份當時以參與、批評、運動性格著稱的新銳詩刊，是對過於「閨秀」詩社的挑戰。

從南部出發的《陽光小集》，除刊登余光中、李莎、洛夫、周夢蝶等元老詩人的創作外，還發掘出一批新人，如陳克華的知名度最初就靠此詩刊打出；年方十七歲的鴻鴻也在「新秀出頭」欄目中隆重推出，王浩威、侯吉諒、陳喬亦從這裡出發。至於該刊的創辦人向陽的《十行集》，更是這時期的力作。《陽光小集》的編輯宗旨是「臺灣土地　開放陽光」，這是向陽主持該雜誌階段的信念。在第十期由向陽執筆發表了社論〈在陽光下挺進：詩壇需要不純的詩雜誌〉。在倡導政治詩方面，《陽光小集》也做了出色的成績。該刊提倡的政治詩，其內容主要是指體制外的抗爭，對政客、賄選、冤獄、白色恐怖、省籍意識、限制言論自由均進行全面的嘲弄與顛覆。

《陽光小集》在兩岸詩藝交流方面做了開路先鋒。該刊第十一期率先轉登大陸詩人作品，推出「朦朧詩特輯」，讓顧城等人的作品第一次跟臺灣讀者見面。

出於對「三大詩社」長期壟斷詩壇的不滿，「陽光」同仁還於一九八二年舉辦「青年詩人心目中的十大詩人」票選活動。最有撞擊力的是一九八三年十二月十八日，《陽光小集》社長張雪映在其家裡舉辦「政治詩座談會」，座談會記錄發表在《陽光小集》第十三期「政治詩專輯」上。

關於該社解散的原因，普遍認爲這屬「政治詩專輯」惹的禍，其實這只是表面現象，眞正的原因是《陽光小集》總編輯苦苓在終刊號付印前夕，擅自在封面上加了一行駭人聽聞的要目：〈《陽光小集》被收買了嗎？〉。（註一八）

並不長壽的《陽光小集》，其個人成就絕不可小視，如向陽開發的「十行詩」與「方言詩」，還有李昌憲的《加工區詩抄》在突破題材的禁忌方面有所貢獻，苦苓的「政治詩」也很有特色。所有這些，都形成了該詩刊的魅力，受到年輕人的熱烈歡迎，該刊爲臺灣詩壇所做的工作應寫在詩史中。按楊文雄的概括，這些工作主要是建立對傳統對泥土的信心，不斷用各種詩的形式嘗試介入現實生活；重新與斷裂的寫實傳統合流，並上接中國古典詩可貴的文化傳承；勇於透過各種批評途徑，重新肯定現代詩的價值，並注重與讀者的交流。（註一九）

強烈關注政治詩的《陽光小集》，並非全部政治先行，他們還關注被某些人不屑一顧的席慕蓉作品，將大眾化詩歌納入自己研究的範疇。

注釋

一　葉　珊：〈寫在「回顧」專號的前面〉，《現代文學》詩專號，總第四十六期（一九七二年三月），頁五。

二　洛　夫：〈詩壇春秋三十年〉，《中外文學》（一九八二年五月）。

三　張　健：〈藍星季刊復刊號前言〉，載《藍星季刊》新一號（一九七四年十二月）。

四　白　靈：〈九歌版藍星詩刊的意義——兼談「詩刊的迷思」〉，《臺灣詩學季刊》總第三期（一九九三年六月）。

五　洛　夫：〈建立大中國詩觀的沉思〉，《創世紀》第七十三、七十四期，（一九九八年八月），頁十三。

六　洛　夫：〈一顆不死的麥子〉，《創世紀》第三十期（一九九二年九月）。

七　文曉村：〈閑話當年：葡萄園詩話（四）〉，《葡萄園》第四十五期（一九七三年七月）。

八　陳千武：〈臺灣現代詩的歷史和詩人們〉，《笠》總第四十期（一九七〇年十二月），頁四十九。

九　陳千武：〈臺灣現代詩的歷史和詩人們〉，《笠》總第四十期（一九七〇年十二月），頁四十九。

一〇　解昆樺：《臺灣現代詩典律的建構與推移》（臺北：鷹漢文化出版公司，二〇〇四年），頁二九六。

一一　參見《龍族》第六～八期封面（一九七一年）。

一二　蕭　蕭：〈詩社與詩刊〉，載《陽光小集》第九期，頁二十八。

一三　陳明柔：〈《龍族》試論〉，《臺灣文學觀察雜誌》總第三期（一九九一年一月），頁六十一。

一四　高　準：〈爲《詩潮》答辯流言〉（臺北市：《中華雜誌》，一九七八年二月）。

一五　涂靜怡：《秋水四十年》（新北市：詩藝文出版社，二〇一五年），頁二十六。

一六　涂靜怡：《秋水四十年》（新北市：詩藝文出版社，二〇一五年），頁二十六。

一七　轉引自向陽：〈烏雲終有散盡時——《陽光小集》的聚散離合〉，《文訊》二〇一七年四月號，頁九十九。

一八　轉引自向陽：〈烏雲終有散盡時——《陽光小集》的聚散離合〉，《文訊》二〇一七年四月號，頁九十九。

一九　轉引自向陽：〈烏雲終有散盡時——《陽光小集》的聚散離合〉，《文訊》二〇一七年四月號，頁九十九。

第六章　解嚴後的文學期刊

第一節　李瑞騰總編的《臺灣文學觀察》

九十年代初，臺灣的大學校園已開設有關臺灣文學的課程及出現了相關論文；在大陸，臺灣文學的研究則整整發展了十年。爲適應這種形勢，《臺灣文學觀察》季刊於一九九〇年六月一日創刊於臺北。該刊由李瑞騰任發行人兼總編輯，詩評家蕭蕭任社長，蒲明任主編。該刊以推動臺灣文學的學術研究爲宗旨。

《臺灣文學觀察》創刊號除發刊詞外，有「話題與觀念」、「本期專題」、「八十年代臺灣文學」、「文學評論」、「文學研究資料」等欄目。該刊「無任何經濟支援，沒有人事開銷，不支付稿費，用最素樸的方式印刷。」該刊以當代尤其是當前臺灣文學研究爲中心，帶有極大的敏銳性，因此一出刊就遭到異議，認爲是「文化霸權」或「文學解釋權」的爭奪。（註一）這正好說明該刊辦得及時，有現實意義。

取名爲《臺灣文學觀察》，而不是《臺灣文學評論》或《臺灣文學研究》，可見這是一份與文壇現狀緊密聯繫而非學究型的刊物，更不同於二〇〇五年十月創辦以發表長篇論文著稱的半年刊《臺灣文學研究學報》。《臺灣文學觀察》的特點在於「觀察」現狀，當然也不排斥有深度的學術性長文，如在第四期發表的陳玉玲的〈紀弦與《現代詩》詩刊之研究〉。該刊另一特色是重視文學史料的整理，如第二期設有「文學研究資料」專欄，計有〈林海音研究資料〉、〈洛夫著譯書目及作品評論索引〉，尤其是連載張默的〈無塵居所藏臺灣新詩集一九四九～一九九〇書目初編〉。第四期也發表有〈陳映眞研究資料〉。

臺灣文學研究力量青黃不接，《臺灣文學觀察》不論資排輩，注意發掘新人。在第二期專門製作「臺灣文學研究的學位論文導論」專輯，發表許俊雅〈《臺灣寫實詩作之抗日精神研究》導論〉、余昭玟〈《葉石濤及其小說研究》序論〉、羅夏美〈《陳映眞小說研究》前言〉，第四期則發表游勝冠的〈《臺灣文學本土論的興起與發展》序論〉。

該刊掌舵者李瑞騰曾被陳芳明定位爲「國民黨文藝路線的代表人物」（註二），可在文學研究上，李瑞騰並沒有完全爲國民黨文藝政策背書，而是團結不同派別和觀點的人，注意和「南部文學」的文人和平共處，如該刊「顧問群」中，赫然有林瑞明、葉石濤的名字。這顧問不是虛設的，而是在該刊發表文章提出自己不同於「臺北文壇」的觀點。向陽曾在第二期〈可被撕扯可被搖撼，不可自我迷走！——臺灣作家應以創作臺灣文學爲榮〉中，提出要「以身爲臺灣作家爲榮」，可「顧問群」中的余光中、蔡文甫、何欣這些外省作家，當時就未必做得到。

《臺灣文學觀察》的開放性及其前沿性還表現在多發宏觀性研究文章，如陳玉玲的〈臺灣八十年代環境運動之下文學發展〉、劉慶華〈十年來海峽兩岸文學交流的省思〉。此外，還注意開展不同觀點的爭鳴，這方面的代表作有游喚的〈八十年代臺灣文學論述的變質〉，提出「葉石濤詮釋集團」這一新概念，（註三）並尖銳地指出：

在政治傾向的臺灣文學主導下，其目的，是將「臺灣」由地理之鄉土提升爲政治之自主，臺灣一詞隱含獨立國家之意。（註四）

這一觀點引起生活在北部卻身爲南部「葉石濤詮釋集團」一員向陽的回應。（註五）《臺灣文學觀察》並沒有展開討論，但像游喚這樣敢於觸及敏感政治問題的文章，在臺灣還能找到發表的平臺，是十分不易的。

在臺灣辦評論刊物，稿源是一個問題，財力更是一個大問題。《臺灣文學觀察》終於在一九九三年九月出至第八期停刊。

第二節　林宗源等創辦的《蕃薯詩刊》

在本土思潮方興未艾的九十年代，一些作家由臺灣本土意識轉爲臺灣自主意識，再轉爲臺灣獨立意識乃至「臺灣民族解放意識」。強調臺灣人滋味的「蕃薯」詩社，就是這種思潮轉換的代表。作爲該詩社的機關刊物《蕃薯詩刊》，創立於一九九一年，社長林宗源，總編輯黃勁連，活動組召集人陳明仁。同仁有林宗源、莊柏林、向陽、黃勁連、李勤岸、林央敏、黃子堯等三十多位。不定期的《蕃薯詩刊》，其創辦是爲了推銷「臺語文學」（其實是閩南語文學及原住民母語的創作）。

一九九一年，台笠出版社出版的《蕃薯詩刊．鹹酸甜的世界》，是這樣表明該社成立的宗旨：

一　本社主張用臺灣本土語言創造正統的臺灣文學。
二　本社鼓吹臺語文學、客語文學參臺灣各先住民母語文學創作。
三　本社希望現階段的臺灣文學作品會當達著下面幾個目的：
（一）創造有臺灣民族精神特色的新臺灣文學作品。
（二）關懷臺灣及世界，建立有本土觀、世界觀的詩、散文、小說。
（三）表現社會人生、反抗惡霸、反抗被壓迫者的艱苦大眾的生活心聲。
（四）提昇臺語文學及詩歌的品質。
（五）追求臺灣的文字化及文學化。

《蕃薯詩刊》每冊有將近三分之一的「理論篇」。該詩刊留給人們最深的印象不是他們令人難於卒讀的詩作，而是作為光復後首個推動以本土語言寫詩的文學社團所提出的寫作準則。從一九八九年到一九九五年，起碼有十二個文學社團在復興方言、設計方言書寫系統，旗幟鮮明地提倡「臺語文學」。「蕃薯詩社」成立的地點在臺南神學院。之所以選擇五月二十五日成立與地點，據方耀乾說：

為了特別紀念兩個對臺灣獨立有歷史意義的事件：第一、五月二十五日是當初一八九五年臺灣民主國成立的日子；第二、臺南神學院是發表〈人權宣言〉，具體主張「建立新而獨立的國家」的所在。（註六）

這個具有強烈政治取向的《蕃薯詩刊》不是一般紙質刊物，而是以書代刊，每一期均用某位詩人的詩作題目作爲詩刊的書名，如一九九一年八月十五日出版林宗源等著的《鹹酸甜的世界》，一九九二年四月十五日出版的第二期是林央敏的《若夠故鄉的春天》，一九九二年十月二十二日出版的第三期是黃勁連的《抱著咱的夢》，一九九三年六月一日出版的第四期是莊柏林的《郡王牽著我的手》，一九九三年十二月十五日出版的第五期是胡民祥的〈臺灣制〉，一九九四年八月一日出版的第六期是陳明仁的《油桐花若開》，一九九六年六月十日出版的終刊號，也就是第七期是李勤岸的《臺灣詩神》。這些作品不用純粹的漢語，而用中文夾雜著拼音和外文。由於河洛方言尚未標準化和文字化，且無論是自己造的字還是用別的字取代，每人的做法都不同，這就形成了閱讀上的障礙，使一般讀者難解其中味。

劉輝雄的〈黃河〉和莊柏林〈有關海的臺語政治詩三首〉即〈海洋民族〉、〈海洋國家〉、〈海洋文化〉一樣，強調臺灣文化不同於中原文化，「黃河」不是臺灣人的母親河。這種書寫，說明「臺灣時空構圖從陸塊邊緣轉爲海洋國家，從黃色文明轉爲藍色文明，從背向海洋轉爲面向海洋。對待地理環境的態度，從逃遁到畫冊裡的山水，到迎向洶湧的海濤。」（註七）其實，海洋文化雖然是臺灣文化的重要組成部分，但遠非全部，更不能將其無限誇大。莊柏林還有〈鹽的滋味〉。「鹽的滋味」也就是臺灣人的滋味。作爲中華文化象徵的「長城」，在莊柏林看來並不是什麼吉祥物，而是使兩岸同胞分離的「怪物」。這「滋味」說穿了就是否定葉落歸根——歸中華文化之根；否定血濃於水的說法，因爲據說「血濃之前還是水」。

在《蕃薯詩刊》上極少看到客家語而讓河洛方言的探討占主導地位，其成員沒有政治資源，他們提倡的「臺語」並不像北京話是一種強勢語言，在公共場合上使用它可以獲得經濟利益，至少有助於提高知名度，為升官發財必需的一種語言工具，故林宗源提倡的「臺語」實行起來困難重重，尤其是他們充滿幻想創造的臺灣民族精神，其行進途中肯定充滿了荊棘和深坑，絕不可能成功。也許是政經原因或推廣臺語的不易，《蕃薯詩刊》只好於一九九六年六月停辦。

這是臺灣當代文學史上首個用臺語寫作的詩社，九十年代前期的臺語作家均聚集於此，為二十世紀文學史上的臺語文學揭開了新篇章。

第二節　彭瑞金主編的《文學臺灣》

《文學臺灣》一九九一年十二月創刊於高雄，第一期有鄭炯明的〈衣帶漸寬終不悔——《文學臺灣》發刊感言〉的發刊詞。另有南部許多文友都討厭以遊走性著稱的陳芳明。鑒於他整體上走獨立路線，且其知名度甚高，其文常常引發各界人士的重視，故讓其發表了〈撐起九〇年代的旗幟〉，認為以「文學臺灣」命名，「是因為我們把文學當做是動態的，我們希望以文學的力量來推動臺灣；也希望使整個臺灣文學化。……我們不以靜態自居，而是配合臺灣社會的變動展開文學運動。」可見，這是與社會運動緊密連接在一起，不是為藝術而藝術的期刊。

和《臺灣文藝》、《文學界》有傳承性的《文學臺灣》，其刊名的「臺灣」，已不單純是地理鄉土符號。按這種觀點，《文學臺灣》並不躲在象牙塔內，而熱衷於參與各種運動，關注九十年代的臺灣文學的走向。

一九九六年，《文學臺灣》社成立了「財團法人文學臺灣基金會」。成立目的是從財力上支持「南部文學」，實現臺灣文學國際化或曰國家化的終極目標。在第二個五年做的事情遠遠超過以前，重大的事情有與《民眾日報》合辦「臺灣文學獎」，推動全島第一座「臺灣文學步道」的設立，舉辦葉石濤國際學術會議，出版《葉石濤評傳》，制定《葉石濤全集》編輯前期計畫，舉辦「葉石濤及其同時代作家文學國際學術研討會」，承辦葉石濤、高行健對談，推動中小學教科書部編教材的解禁，發起臺灣各大學設立臺灣文學系或臺灣文學研究所，等等。這些重要事情中，其中五件事與葉石濤有關，可見葉石濤是「南方文學」（註八）機關刊物《文學臺灣》的精神領袖或龍頭人物。

「南部文學」不認同中國文學，這可從葉石濤執筆的《文學臺灣》「卷頭語」和每期由彭瑞金執筆的「編後記」看出這一點。在葉石濤發表的〈臺灣小說的遠景〉中，認爲「臺灣應整合傳統的、本土的、外來的各種文化價值體系，發展富於自主性的小說。」這裡談的是小說，其實是以小說代表整個臺灣文學。所謂「自主性」，是指臺灣文學固然可以吸收日本文學和中國文學的精華，但歸根到柢還是要發展成既與日本文學不同、又與中國文學有異的「獨立自主」的文學。鄭炯明、曾貴海、陳坤崙、彭瑞金這些或出錢或出力的作家，在寫作或出版之餘，全心投入人權、教權、環保、公民投票等運動。他們以「雄性」的「南部觀點」對話或曰抗衡「臺北文學」。

一九九四年上半年，《文學臺灣》召開了「臺灣文學主體座談會」，在同年七月出版的第十一期發表了〈把臺灣人的文學主權找回來〉的會議記錄。討論集中在什麼叫「主體性」，如何找回「主體性」，彭瑞金的看法很有代表性：「目的只有一個，把臺灣的文學主權還給臺灣人民，不要干預、不要扭曲、不要壓迫。」這裡提出了一個重要理論問題：「什麼是臺灣文學主權？」作爲政治術語的「主權」應包含詮釋權在內。彭瑞金之所以用「還給」一詞，是因爲臺灣文學的詮釋權不是被外省作家拿走，就是被中國大陸的「兩古一流」即劉登翰、古繼堂、古遠清「奪去」。為歸還這種「主權」，《文學臺灣》不需要「統一論」，也無需「交流論」，「中立論」在這裡也行不通，而必須使用「分離論」，讓臺灣文學不再成為中國文學的附庸。

《文學臺灣》的欄目有隨筆、書序、散文、詩歌、文學回憶、小說、評論、編後記。該刊為臺灣文學教育體制化做了很多工作。如第十五期、第十八期，便討論了臺灣文學系所建立後面臨的種種問題。二〇一六年又提出「臺灣文學系會不會逐一關門」這樣尖銳的問題。

《文學臺灣》還經常為去世的本土作家做特輯。二〇二〇年秋季號所製作的「趙天儀教授追思專輯」，彭瑞金寫的〈趙天儀教授二三事〉，透露了陳芳明與趙天儀結怨過程，對人們瞭解本土陣營的派別鬥爭很有參考價值。

「南部文學」一直處於在野地位，可他們艱苦奮鬥、自力更生。二〇一七年，《文學臺灣》創辦二十五年，雜誌出版一百期，也是「文學臺灣基金會」成立二十週年。「南部文學」在沒有政府撥款的情況下，自籌資金舉辦「從《文學界》到《文學臺灣》國際學術研討會」。在打破「國立編譯館」的一言堂，推動臺灣文學的教育方面，《文學臺灣》也做了許多工作。

二〇二一年《文學臺灣》發行人為鄭炯明，編輯顧問有李敏勇、呂興昌、吳錦發、陳萬益、陳芳明、張恆豪、江文瑜、吳達芸、陳昌明。《文學臺灣》是近三十年本土文學發展的縮影。在臺灣期刊史上，其特殊性在於它是主編彭瑞金所主張的「南方文學」的一面旗幟。

第四節　李瑞騰等創辦的《臺灣詩學季刊》

一九九二年十二月創刊的《臺灣詩學季刊》，站在一九九〇年代的臺灣土地上，以臺灣爲中心建構不同於大陸地區的詩學。在李瑞騰執筆的〈發刊詞〉中，宣稱要「清理臺灣的詩之經驗」，以便「書寫臺灣詩史」。該社成員來自各種不同的山頭，其中向明來自「藍星」、渡也來自「創世紀」（註九），白靈來自「葡萄園」、游喚早年參加過「長廊」、蘇紹連參加過「龍族」、蕭蕭屬《詩人季刊》、李瑞騰參加過「詩脈」。這是各詩社精英重新洗牌，是詩壇從未有過的大融合，屬中堅代詩人打破各詩社界限的新組合。這些成員多半具備創作、評論和研究的才幹。除向明爲元老級詩人外，其中如李瑞騰、蕭蕭、白靈等具有多年媒體編輯經驗，鄭慧如、翁文嫻則是學界新秀。這種組合，向陽稱之爲「黃金組合」。（註一〇）該刊首任社長爲向明，後由善於做策畫工作的李瑞騰接棒，歷經白靈、蕭蕭、鄭慧如、蘇紹連等人任主編，這些都是在臺灣詩壇極具影響力的學者和詩人。

該刊之所以要提出「書寫臺灣詩史」，是有感於大陸的臺灣詩歌研究形成一股熱潮，使某些島內詩人和評論家感到話語權的失落，因而要讓本地詩評家發出聲音，「並重建臺灣詩學的主體性」。這裡所說的「主體性」，是「融合了臺灣這個主體中的各種意識，對臺灣文學作更內部性的描述，因而這個詩社的成立也可以視作一種對臺灣主體外部觀點的相抗衡。」（註一一）基於這種動機，該刊採取的是精英路線，眞正體現了「挖深織廣，詩寫臺灣經驗；剖情析采，論說現代詩學」的辦刊宗旨。該刊還設有「詩戰場」專欄，刊登了大陸「雙古」（古繼堂、古遠清）對該刊炮轟他們所作的回應及其他大陸學者與臺灣詩人對話的文章，另還登有「青年詩人看兩大報獎」（九期）。小黑吉（蘇紹連）針對詩壇現象所作的詩漫畫，亦是該刊一大特色（還被大陸學者寫的臺灣新詩史不止一次引用）。「現代詩學」、「新詩教室」、「新詩史料」等專欄也很有亮點。

在臺灣詩壇日益萎縮和長壽詩刊老化、僵化的情況下，《臺灣詩學季刊》一直保持著蓬勃的朝氣，不斷向著當前詩壇的重要問題發表各種不同意見，提供一九九〇年代詩壇的最新信息。要瞭解臺灣詩壇的思潮演變和創作動向，這份最亮的詩刊是不可忽略的。

《臺灣詩學季刊》出至四十期後的二〇〇三年初，改爲《臺灣詩學》半年刊，到了二〇〇五年又分爲「學刊」與「吹鼓吹詩刊」兩種，其中「學刊」充分發揮了該刊學院派成員的優勢，設有專題、一般論述，並增設書評。「學刊」第五號所製作的「詩與史專輯」，分別發表了孟樊、楊宗翰「承襲期（上）與「鍛接期」的臺灣詩史。這既是文本的歷史，又是接受的歷史，體現了作者力圖把歷史還原到文學自身的努力。

在紙本式的平面詩刊和報紙副刊缺乏時效的情況下，《臺灣詩學》於二〇〇三年六月申請網址登錄上網，並定名爲《吹鼓吹詩論壇》，它走在網絡風潮的最前列，以「詩腸鼓吹，吹響詩號，鼓動詩潮」爲己任。

鑒於以前的「三大詩社」或「四大詩社」社性過於突出，並過分追求「運動性」給詩壇帶來「詩刊迷思」的教訓，《臺灣詩學季刊》及後來的《臺灣詩學學刊》並沒有提倡創作學上的主義。他們認識到，應辦一份扎扎實實探索臺灣詩學問題和供觀摩、討論、批評及發表新作園地的詩刊，才是自己的使命。（註一二）可後來的「學刊」多了學術性卻失去了原先的前沿性，成了小眾刊物，因而影響極小。

第五節　方祖燊等主編的《中國現代文學理論季刊》

《中國現代文學理論季刊》是一本專門研究中國現代文學思潮、流派、作品，以便將「中國現代文學」在臺灣落地生根的刊物。

一九九五年三月，臺灣師範大學方祖燊、東吳大學王國良、相當於大陸的「廣播電視大學」的空中大學沈謙，以及中央研究院何大安，在「現代文學教學研討會」上醞釀成立學會和主辦學術期刊。方祖燊時任中國語文學會秘書長，提出可以用《中國語文》的資源做後盾，也就是說在「中國語文學會」下面設立「中國現代文學理論季刊」社。爲此，方祖燊邀請了從南到北的十四所大學三十位教授組成編委會。一九九六年三月，《中國現代文學理論季刊》正式問世，由方祖燊主編。他撰寫的〈發刊詞·我們的理想〉云：

> 現在國內外的各大學中國文學系，都設有現代文學各種課程，包括詩歌、散文、小說、戲劇選讀與寫作，修辭學、語法、兒童文學、文學批評的歷史與理論，現代文學作家與作品的研究與評介，中國現代文學史、臺灣文學史等專門科目。有關這些專門課程可供參考的著作，還是不很多，亟待大家努力撰作。但理論的建立不是憑空可成的，必然要繼承傳統理論和采擷西方理論，吸收而融化其精華，這樣才能建立新理論。

這裡把臺灣文學與中國文學並列，並不是說臺灣文學不是中國文學的一部分。鑒於當年臺灣文學不被重視，所以這裡是加以強調的意思。方祖燊深知，辦這種刊物如不在臺灣生根，是很難維持下去的。基於這種理念，該刊第四期發表了尹雪曼這種堪稱浮光掠影的〈七十年來的臺灣文學界〉的文章。

據《文訊》雜誌介紹，《中國現代文學理論季刊》作者遍及海內外，至少有三十多所大學和六十多位作者爲其撰稿。出版至第九期，共刊載一百零八篇論文，超過一百萬字，除現代文學史的內容外，還有作家作品研究、文學理論專題、詩歌和散文以及小說、戲劇評論，西方文學思潮和文學教學實驗也是該刊關心的話題。重要作者有方祖燊、黃麗貞、邱燮友、沈謙、皮述民、姜龍昭以及後起之秀許俊雅等七人。從第五期起，開始刊登一兩篇研究生的優秀論文。

作爲學術刊物，《中國現代文學理論季刊》有嚴格的審稿制度。據《文訊》雜誌介紹：該刊凡刊登的稿件均經過兩位學者的評審。該刊最初由方祖燊一人主編，後來稿件比較多，改由邱燮友、方祖燊、沈謙、金榮華、張靜二組成主編小組。方祖燊出國後，從第七期起由蔡宗陽接棒；也在這一期開始改爲五人輪流主編。由於該刊在海內外打開了局面，造成了一定影響，故在一九九七年獲得行政院文化建設委員會首屆「優良文學雜誌獎」。

該刊重視兩岸文學交流，僅第三期就刊登過大陸學者葉子銘、計璧瑞、古遠清、樊洛平的文章。

由於刊名有「中國」，又有「理論」，不少讀者望而卻步，個人訂戶很少，多靠大專院校國文系、所的圖書館訂閱。儘管有國家出版社做總經銷，每期零售仍很少超過五百本。幸好出版經費與稿酬均由政府資助，但這資助畢竟是杯水車薪，故主編沒有薪酬，工作人員只付象徵性的津貼。比起大陸的長壽刊物《文藝理論研究》和《中國現代文學研究叢刊》，《中國現代文學理論季刊》不夠專業，如把屬語言學的修辭學也包括進去，還有屬寫作學的藝術技巧也算在內，使人感到該刊對「現代文學理論」的理解過於寬泛，有些文章學術性也不足（方祖燊本人的理論修養就不夠深）。也許是稿源問題，更重要的是財力問題，《中國現代文學理論季刊》於二〇〇〇年十二月出至二十期後停刊。

第六節　宋澤萊主編的《臺灣新文學》

在鄉土文學大論戰之後，按向陽的說法，文學分爲「臺北的」與「臺灣的」兩大文學板塊。（註一三）創刊於一九九五年四月，由王世勛任發行人、宋澤萊任主編，社址設在臺中市的《臺灣新文學》季刊，無疑是屬本土的、「臺灣的」。

宋澤萊原是中華民族主義者。在一九七九年年底，他曾站在中華民族主義的立場，用「柯木良」的筆名寫了一篇〈論歷史教育〉，登在胡秋原主編屬臺北的、中國的《中華雜誌》上。美麗島事件後，「只在一夜間，我們變成了另一個人」，即宋澤萊由「中國人」變爲「臺灣人」，退化爲分離主義者，以致成爲臺灣本土意識及新文化獨立運動的重要骨幹和理論奠基者之一。

宋澤萊所走的激進本土路線，鮮明地表現在《臺灣新文學》每期發表的〈總編的話〉，如二〇〇〇年夏季號刊登的〈被打大的族群運動〉，尤其是一九九八年春季號刊登的〈未來的政府應給臺灣一百位專業作家〉。這篇文章從政治談到文學，評論政治人物章孝嚴、許信良，占了相當大的篇幅。不過，該文希望當局每年「養」一百位專家作家的設想，可謂前無古人，但完全不切合臺灣實際。除非臺灣實行社會主義制度，像大陸那樣從中央到地方都有政府撥款的「作家協會」才辦得到。即使有一天實現了宋澤萊的幻想，可作家被「養」後，銳氣必然逐步消失，反叛性也就沒有了，這是犯左傾幼稚病的宋澤萊始料未及的。

《臺灣新文學》以「三大」：開本大、篇幅大、氣派大著稱。該刊標榜「當代文學新視野」，這「當代文學」，基本上不包括「臺北的」文學。篇幅大則表現在總第十期林雙不的散文〈斗笠水牛林永生〉一次性刊完，彭雙俊譯介哲學小說全文刊出；吳苑菱〈秤彩繪〉再現情欲寫作的光芒，胡長松的〈骷髏酒吧〉展現熱帶都會夢幻風情。此外，還有論東年、賴和、黃石輝、陳雷、王世勛、楊逵等鄉土作家的文章。另有介紹美國、阿爾及利亞、丹麥、印度、瑞典、法國、俄國、德國、土耳其、愛爾蘭、莫三比克的作品，這充分顯現了該刊大氣派的特色。

《臺灣新文學》不僅重視刊登論文，還有長篇訪問記，總第十五期莊紫蓉〈陋巷、水邊、溫情——專訪莫渝〉。另宋澤來訪問胡民祥的長文。其中談到臺語文學寫作如何處理，其中一種辦法「是採用羅馬字，就是漢字與羅馬字合用，已經有漢羅合用的臺語作品。我個人是全用漢字，因爲早在羅馬字主張以前，我就突破了障礙，除非完全沒有道理的離譜，其實借字沒什麼不對，先有語言，然後才有文字，文字是爲服務語言而創造的，約定俗成而已。在民間的歌仔冊文學，所用的臺語文字很獨特，有不少借音字。如果人人都用歌仔冊的借音字，那麼，這些字自然早就變作人人接受的臺語文字」。（註一四）該文還談了北美的社團對臺灣文學的看法，對「北美臺灣文學研討會」所開展的活動，也有較多記載。

《臺灣新文學》重視論文，更重視創作。如分兩期刊完胡祥民的散文〈茉里鄉紀事〉。一九九七年刊登的小說則有十一篇吳苑菱的〈紅鶴夢〉（上）（下）、胡長松的〈柴山少年安魂曲〉（上）（下）、田雅各的〈飛魚怕怕〉、王貞文的〈天使〉、林晴玉的〈關於物的幾則隨想〉、江浸月的〈折

翼〉、吳明益的〈海誓山盟〉。（註一五）

這本與楊逵一九三五年創辦的同名刊物《臺灣新文學》，由於開本大、作者少；篇幅大、讀者小；氣派大、資金少，以致長期虧損，於一九九九年底停刊，共出版十六期。

注釋

一 詹愷苓：〈舊皮囊如何規定新酒的形狀？〉，臺北市：《自立早報》，一九九〇年十月二十～二十一日。

二 陳芳明：〈敵友〉，臺北市：《中國時報》，一九九七年十月二十九日。

三 游　喚：〈八十年代臺灣文學論述的變質〉《臺灣文學觀察》雜誌，第五期（一九九二年七月），頁三十七。

四 游　喚：〈八十年代臺灣文學論述的變質〉《臺灣文學觀察》雜誌，第五期（一九九二年七月），頁三十七。

五 向　陽：〈臺灣文學論述變質了嗎〉，《臺灣時報》一九九三年十一月十五日。

六 方耀乾：《臺語文學史暨書目彙編》（高雄市：臺灣文薈出版，二〇一二年六月），頁九十四。

七 鄭慧如：〈狂戀福爾摩沙（上篇）——詩社．詩選與族群認同〉，《臺灣詩學季刊》總第二十期，一九九七年九月，頁五十一。

八 彭瑞金：〈南方文學〉，《臺灣日報》，一九九七年五月十一日。

九　林央敏：〈《臺文戰線》發刊詞〉，《臺文戰線》二〇〇五年十二月，頁五～六。
一〇　方耀乾：《臺語文學史暨書目彙編》（臺南市：臺灣文薈出版，二〇一二年六月），頁一三一。
一一　方耀乾：《臺語文學史暨書目彙編》（高雄市：臺灣文薈出版，二〇一二年六月），頁一三三。
一二　方耀乾：《臺語文學史暨書目彙編》（高雄市：臺灣文薈出版，二〇一二年六月），頁一三三。
一三　向　陽：〈臺灣文學傳播現象觀察〉，載《一九九九臺灣文學年鑑》（臺北市：行政院文化建設委員會，二〇〇〇年），頁一二三。
一四　宋澤萊：〈當代成名作家訪談錄——訪胡民祥〉，臺中市：《臺灣新文學》一九九八年春夏季號，頁二一一。
一五　向　陽：〈臺灣文學傳播現象觀察〉，載《一九九九臺灣文學年鑑》（臺北市：行政院文化建設委員會，二〇〇〇年），頁一二三。

第七章　新世紀的文學期刊

第一節　張良澤主編的《臺灣文學評論》

一九九八年十月，張良澤創辦了校園刊物《淡水牛津文藝》。二〇〇〇年停刊後，得到眞理大學校方的支持，改組爲《臺灣文學評論》，於二〇〇一年七月出版。經費由眞理大學提供，主編兼發行人爲張良澤。

在創刊號〈誠徵特約聯絡人〉寫道：

> 本刊是臺灣史上第一本臺灣文學的評論雜誌。

編者的自信，來自於以具有特殊含義的「臺灣文學」爲目標，分析評價本土派作家作品，並力圖爲其作文學史上的定位。

從創刊號看，有名家眞跡、作家手稿和文獻史料，學院色彩躍然紙上。從內容上看，有作家論，有作品評述，有專題研究，另還有作家回憶錄、傳記、翻譯、隨筆穿插期間。二〇〇二年出版的第四期，不再以評論和研究爲主，而改爲創作與評論並重，其中値得注意的是第二卷第一期發表的葉石濤〈臺灣文學導論〉，並有陳火泉的日文作品重新出土，和日本學者岡崎郁子的長篇連載〈戰後臺灣的日文文學研究〉。

《臺灣文學評論》是一個封閉的園地。該刊幾乎不發大陸學者的文章，大陸學者也很少有人會主動向它投稿，至於個別大陸學者在該刊發的評論係由被評論者轉去刊發，如第二卷第四期刊登的武漢學者鄒建軍〈論李魁賢的詩歌功能體系觀〉。

《臺灣文學評論》偶爾登些評紀弦這類外省作家的文章，這只是聊備一格。該刊第四卷第二期還刊登過在臺灣訪問的北京學者黎湘萍的〈解讀臺灣——以兩岸知識者關於臺灣文學史的敘事爲例〉，後引起討論。在二〇〇四年十月出版的該刊，陳俊宏發表了〈一場雞同鴨講的浪漫演出——解讀黎湘萍的《解讀臺灣》〉，同時發表黎湘萍的反批評文章〈愛與美——回應陳俊宏先生〉。

張良澤是臺灣主義者，故他編的《臺灣文學評論》，偏向本土文學研究，並注意熱點話題的探討。二〇一二年七月十五日出版的該刊，發表了年輕學者河尻和也的〈陳火泉創作思維中的「不變」與「變化」——自日治時期至戰後初期作品爲中心〉，這是認真查閱第一手資料寫出來的。儘管作者的立場和觀點很值得質疑，但不能否認作者做學問扎實：論從史出，而不是以論代史。

張良澤與陳映眞有過爭議，這爭議表現在能否重新評價皇民文學。葉石濤曾說「沒有『皇民文學』，全是『抗議文學』」（註一），張良澤顯然跟葉石濤同調。在《臺灣文學評論》即將結束時，他連忙做了一個「西川滿大展特輯」。這「特輯」，顯然不認爲西川滿是日本在臺灣進行文化侵略的代表人物，而是幫臺灣文學走上現代化道路的「功臣」。這種觀點恐怕連「南方文學」發言人彭瑞金也不會同意。彭瑞金曾在〈《米機敗走》之夢〉（註二）中，認爲西川滿使用「卑鄙」手段「摧毀」競爭對手張文環的《臺灣文學》，也就是說西川滿的人品有問題。

張良澤審稿，也有看走眼的時候。臺灣有個青年學者高麗敏在《臺灣文學評論》發表過〈傳承與發揚——論鍾肇政作品《濁流三部曲》、《臺灣人三部曲》中的客家文風〉，其中「前言」中云：「鍾肇政，原籍廣東，一九二五年出生於桃園縣。」一位本土作家讀了後，「不覺心頭一酸」，因而投書《臺灣文學評論》，質疑〈鍾肇政原籍廣東嗎？〉，認爲高女士這種寫法犯了「軟骨症」，是在向中國示好乃至「投降」，並感慨道：「非把臺灣人無限上綱到中國人，不能顯示其存在？以鍾肇政先生臺灣意識的堅定，硬把他定位爲『原籍廣東』，想來鐘老恐怕會啼笑皆非或黯然神傷吧？」其實，鍾肇政再怎麼堅守臺灣主義，其籍貫是不能選擇也無法改變的。短短的不滿一百字的生平介紹，竟引發出一場風波，可見《臺灣文學評論》始終無法擺脫政治的制約。

臺灣本不是一塊肥沃的、容易栽培文學評論家的土壤——甚至可以說是貧瘠的土壤。沒有眾多的評論讀者，沒有經久不衰的文學評論雜誌。這就難怪這份很有本土特色的《臺灣文學評論》，於二〇一二年十月出至十二卷第四期後停刊。

第二節　胡長松總編的《臺灣e文藝》

新世紀來臨之際，本土文學的發展迅猛。二〇〇一年一月十五日，「臺灣本土社」成立，並發行機關刊物《臺灣e文藝》。雖說這是一份同人刊物，但它從同人走向整個臺灣本土文壇。他們向社會廣泛徵求稿件，雖然沒有潤筆費，但重要文章會請人專門評論。

創辦人王世勳廣邀本土文學界、美術界的作家及評論家爲該刊撰稿。島內的有王定國、宋澤萊、林央敏、林瑞明、李魁賢、李勤岸、高天生、林文義、林宗源、黃勁連、楊翠、施並錫。海外有加拿大的陳雷以及胡民祥、陳主顯。該刊總編輯爲胡長松，方耀乾，吳尚任爲主編。《臺灣e文藝》除了延續《臺灣新文學》的本土路線外，另一方面是大量刊登各族母語作品。創刊號全文刊載了由「臺灣新本土社」社員共同擬定的《臺灣新本土主義宣言》。此「宣言」超過三萬字，包括十二篇序文、基本宣言及附帶宣言三部分（註三），顯得非常繁瑣，相信很少有讀者能耐心看完。

臺灣本土派創辦的文藝刊物，有的連創刊詞都沒有，可《臺灣e文藝》破例刊登了這種「宣言」。據李長青介紹：「宣言」強調鼓勵參與各族母語創作，以平等、尊重的態度期待母語文學；延續臺灣文學追求自主、尊嚴的精神，開啓更深更高的文學新世界，更要突破文學思想模式的守舊局限，摒除當代所有矯揉造作、僵化空洞的文學病態；要翻新寫作技巧，與世界先鋒文學形式齊步。此外，該宣言主張縫合評論界與創作界自一九八〇年來的分離現象，同時也提倡強化臺灣美術的主體性。

附錄「宣言」之後的〈附帶宣言〉，一共羅列論證了六十四節或長或短的文學史觀意見，分別爲〈有關本社文學基本精神部分〉、〈有關母語文學部分〉、〈有關當前文風偏差部分〉、〈有關文學思想、技巧、內容部分〉、〈有關文學評論部分〉、〈有關文學教育部分〉、〈有關國際文學交流部分〉、〈有關女性文學部分〉、〈有關大眾媒體部分〉與〈頌詩部分〉，共十部分，完全稱得上是一篇大型學術論文。再加上編排於基本宣言之前的〈宣言序文〉共十二短章，不難看出該刊所彰顯的壯志雄心。（註四）

據林淑惠介紹，創刊號除「宣言」外，有林宗源的族群心聲臺語詩〈怨〉、李魁賢的〈給臺灣的後代〉系列詩〈告別第二個千禧年的黃昏〉與〈我急於看到你天真無邪的臉〉兩首、李勤岸呼喚本土精神的臺語詩〈漁翁宣言〉和人生觀察詩〈目鏡〉、宋澤萊的青少年教育現狀臺語詩〈學生合老師〉、周定邦的臺語詠物詩〈斑芝花開〉、胡長松的浪漫主義臺語詩〈入眠〉、陳潔民呼喚本土精神的臺語詩〈海島e心〉、江永進的印象主義臺語詩〈流動〉、吳尚任的社會關懷詩〈美濃老農〉、晦凡的反諷詩〈野狗〉、楊念德的象徵主義詩〈第三個千年〉。在鄉土溯源臺語詩方面，有方耀乾的〈五條港哀歌〉及許正勳的〈阿立祖〉，客語詩作則有江秀鳳的〈祭九二一亡靈〉和〈忌日〉。在散文創作部分，則有胡民祥的臺美人返鄉散文〈公元兩千年總統大選文化紀事〉、許正勳的土地臺語散文〈玉山會崩落來〉、張春凰的〈山頂e星〉和江秀鳳的社會關懷散文〈葉子〉。在小說部分特別刊載了宋澤萊完成於二〇〇〇年夏天的最新力作〈熱帶魔界〉，和王貞文、吳菀菱、楊昭陽、胡長松等新一代作家的作品。評論方面是宋澤萊評胡長松短篇的〈死的聲嗽〉。作家專訪部分爲宋澤萊訪藍淑貞。（註五）

因讀者面不廣和出現財力問題，《臺灣e文藝》於二〇〇五年六月三十日停刊。

第三節　蔡金安創辦的《海翁臺語文學》

《海翁臺語文學》二〇〇一年二月由蔡金安創辦、蔡氏主持的「金安文教機構」出版。此機構是「臺語文學出版大本營」（註六），出過十五冊《許丙丁臺語文學選》、《林宗源臺語詩選》、《向陽臺語詩選》、《林央敏臺語文學選》、《黃勁連臺語文學選》、《陳明仁臺語文學選》、《胡民祥臺語文學選》、《陳雷臺語文學選》、《沙卡布拉揚臺語文學選》、《李勤岸臺語詩選》、《林沉默臺語詩選》、《莊柏林臺語詩選》、《顏信星臺語文學選》、《路寒袖臺語詩選》、《方耀乾臺語詩選》。

《海翁臺語文學》總編輯爲黃勁連。原爲雙月刊，從二〇〇三年一月第三十一期起改爲雙月刊，並附加一片CD，是一份兼具文學性與教育性的臺語文學雜誌。內容分爲評論、現代詩、散文、小說、劇本、褒歌、囝仔劇、囝仔詩、囝仔古、演講稿、母語教學交流道等類別。創刊宗旨爲：

一　本刊主張「喙講父母話，手寫臺灣文」，追求臺灣語言兮文字化、文學化，建立臺灣文學兮主體性

二　走揣臺語文學兮肥底，建立臺語文學兮傳統基礎。

三　研究佮推廣臺語兮現代文學創作，互臺語文學不但會當佇臺灣落塗生根，更加促進臺語文學佮國際文學兮交流。

四　聯絡疼痛本土語言、文學兮有心人士，共同奮鬥、拍拚，促進臺灣兮文藝復興。

五　發揚海翁、大海洋兮精神，提倡各族群兮母語教學，促進臺灣族群兮和諧。（註七）

這裡用了不少土語，一般讀者感到難於卒讀。這位總編黃勁連，以巨大的幹「勁」「連」接了眾多臺語社團。從《蕃薯詩刊》、南鯤鯓臺語文學營、鹿耳們臺灣文學營，再到菅芒花臺語文學會。無論參加哪個團體，均必須解決臺語的文字化問題。爲此，臺語文學界常常發生爭執，如林央敏所說：

臺文界人士相聚時往往爲了文字符號而爭得不歡而散，分散時又以各種言論攻訐他人，其中較大的爭鬥主要在於羅馬字拼音方式的爭執……。這些勇於內鬥而怯於抗外的爭論不但導致臺文界力

量分散，也教官方無所適從，又讓外界看破手腳，因而弱化了臺語文學運動的熱度及延緩了復興臺語的腳步。尤甚者，有部分人士自認高明專家或假借權威專家，以傲慢的態度指責別人用字符號錯誤或符號異己者爲罪人，如此不但加深臺文界內部的心結，也令有心臺語寫作或願意爲臺語盡力的初學者怯步不前，甚至有資深人士因而對運動失望而退出行列的。這些其實都已無形中傷害了臺語運動及臺語文學的發展。（註八）

《海翁臺語文學》不熱衷於文字化問題的內鬥，他們尊重各種作家的不同書寫系統。該刊重視評論，每期都刊登一篇有關臺語文學的評論，其中包括母語書寫理論、臺語文學運動史論、臺語作家、作品美學等等論述與研究。其評論的作家有黃勁連、林央敏、李勤岸、方耀乾、莊柏林、陳雷等。

據方耀乾介紹：《海翁臺語文學》的學者群，有李勤岸、許極燉、胡祥民、方耀乾、陳恆嘉、施炳華、林央敏、蔣爲文、黃勁連、葉笛、廖瑞銘、施俊州等。重要的作家群有黃勁連、莊柏林、李勤岸、林央敏、胡民祥、方耀乾、王貞文、周定邦、陳潔民、林宗源、崔根源、沙卡布拉揚、康原、岩上、林文平、陳正雄、陳建成、楊焜顯、柯柏榮、翠苓、藍淑貞等。

《海翁臺語文學》截至二〇一二年止，刊登的詩超過一千七百首、散文超過四百五十篇、小說超過一百篇、囝仔詩超過六百首。（註九）這些作品的作者有老一輩的，更多是後起之秀。

《海翁臺語文學》除雜誌外，還有附屬的海翁臺語文教育協會，這個協會和刊物一起爲推廣臺語文學做了眾多工作。

第四節　初安民創辦的《INK印刻文學生活誌》

在二〇〇三年八月，《INK印刻文學生活誌》創刊於臺北市：總編輯為「對美學又特別敏銳的金牛座」的初安民，副總編輯為二〇〇五年與諾貝爾文學獎評委馬悅然結婚的陳雲芳。該刊挑戰臺灣文壇流行風尚，向中國古典小說致敬，自詡為「華文世界核心作家的創作平臺」。

INK與中文「印刻」發音相同，都是構寫人類理想，留下墨跡的意思，不分地域種族差異，將深刻的內涵思想成為人類共同的生活態度。選稿標準只問好壞，不分中外、新舊、男女、臺灣與大陸，希望透過出版品改變時代的氣質，讓社會風氣不會更敗壞。該刊內容豐富溫潤，精緻多面，每期都有主打。為配合「張愛玲熱」，張子靜也來談談姊姊張愛玲的作品。還有名家蘇童、張大春、唐諾、紀蔚然、鄭清文都有新作或專輯。二〇〇七年三月，該刊召開「兩岸文學高峰會」。二〇一三年，《INK印刻文學生活誌》推出「木心特輯」，初安民把木心的所有角度都反映出來了。（註一〇）

《INK印刻文學生活誌》被很多人譽為「最好的華文文學雜誌」，可其團隊規模不大，文字編輯只有三人，編輯部總共六人。「印刻」是臺灣刊登大陸作者文章最多的雜誌，也建立了包含整個華文世界的作家群，希望以此顯示出「印刻」雜誌是整個華人世界的文學平臺。

「印刻」是兩個很有寓意的漢字，但翻譯成英文Ink，則是「墨水」的意思。初安民說：「印刻這個名字是先有英文再有中文的。人們以前在大街上經常可以看到刻章、刻印的店，我就把刻印倒過來，變成了印刻」。（註一一）作為一個比較傳統的人，初安民總是希望能回到過去，回到用毛筆蘸著墨水來書寫的古老傳統裡面，而不是總在開拓未來。初安民的內在是屬中國儒家的系統，但在現實中初安民更承認自己是西方思維。「印刻」無論是出版社還是雜誌，都是以文學尤其是小說爲載體，初安民希望透過文學來服務大眾，把我們這個時代一個字一個字地印、刻出來。

「印刻」雜誌常以作家作爲封面頭像，也就是以作家爲編輯專題，自創刊號推出朱天文暌違八年的新作以降，歷楊照、陳玉慧、沈從文、馬森、舞鶴，乃至村上春樹、西西、村上龍、東洋第一神探赤川次郎等；長期專欄的邀約設計——朱天文的「電影的故事」，康諾的「上海印象」、「閱讀的故事」，林行止的「閱讀偶拾」，張大春的「聊聊齋」，陳芳明的「晚秋書」等。

「印刻」雜誌在版式、欄目的設定與規劃，均追求自身風格與觀照大眾趣味。走精緻、典雅的路線，是因爲文學雜誌的版式不能過度絢爛和熱鬧。至於在欄目的設定和稿件的使用方面，他們很少連載長篇小說，最多刊登三期，力求能在讀者厭倦某個欄目和某種文體之前，先行進行調整。

在臺灣辦文學雜誌，沒有像劉以鬯、陶然主編的《香港文學》，從財力上得到北京的支持，他們得以自立更生，沒有人能想到靠自立更生可以辦這麼長時間的。初安民對大陸的《晶報》記者劉憶斯說：既然是做文學雜誌，就應該在文學這個領域好好地開發。「印刻」雜誌的一些特殊選題，初安民會找其他人來客串主編。比如二〇〇四年七月出版的胡蘭成那期，出土新資料甚多，如大沼秀伍的〈亡命的革命家胡蘭成〉、胡寧生的〈有關父親胡蘭成〉。朱天文寫了〈往事並不如煙〉散文，顯得婉約、含蓄而有力量。（註一二）二〇〇五年九月刊出張愛玲的〈南北喜相逢〉時，則請鄭樹森寫了〈張愛玲與兩個片種〉。

「印刻」雜誌的視野沒有只盯在臺灣，而是擴展到整個華人世界，設有「地球書房」、「國際文壇」等專欄，從而編織出一幅以華人作家爲中心的出版地圖。這些年不止是臺灣文學後繼乏力，整個文學界這些年都在衰退，同時也被過度異化。初安民看好的幾個有潛力的臺灣青年作家，都是寫著寫著就中途下車了，因爲在臺灣拍電影、寫歌詞、搞政治，都可能比寫小說寫詩歌更有好的未來。文學在這個時代越來越扁平化和不純粹。

初安民在聯合文學出版社和《聯合文學》文學雜誌那裡當總編輯有十五年。就是因爲兩本雜誌的主編都是他，所以初安民在編「印刻」的時候就會有意無意地與《聯合文學》時期的自己爲敵。不可否認，這兩個刊物作者有高度的重合，體裁同樣與散文、小說、論評和作家生活的追尋、新書推薦爲主，但這兩本雜誌風格有巨大的不同，早期在《聯合文學》的初安民，相對是青澀和猶豫的，而現在則比較穩定和自信。這是因爲初安民在《聯合文學》時被限制得比較多，而在「印刻」眞正「安民」後的初安民則是有百分之一百的自由度，自由會帶來自信。在現在有些輕視甚至鄙視文學的時代，文學還是初安民珍愛的信仰，正是這個珍愛且信仰的文學支持著初安民。

《INK印刻文學生活誌》在二〇〇四年五月登過郭強生的〈文學理論，請閉嘴〉。但該刊並沒有取消評論，如二〇〇四年第九期刊登過王德威的重要論文〈後遺民寫作〉。二〇一九年五月號，對大陸麥家《風聲》等作品做出結構與評析。

在新世紀，《文訊》、《聯合文學》和《INK印刻文學生活誌》均受文壇高度重視，難怪隱地感到這三家雜誌有如二十多年前《純文學》、《現代文學》、《文季》三足鼎立相似。唯一不同的是辦刊條件比過去好得多，不僅印製精美，開本大，而且前三家比後三種雜誌長壽多了。

第五節　林佛兒創辦的《鹽分地帶文學》

作爲辦刊能手的林佛兒，先後創辦或主編過《仙人掌》詩刊、《火鳥兒童》雜誌、《龍族》詩刊、《鹽》雜誌月刊、《臺灣詩季刊》、《推理》雜誌等。

《推理》停辦後，手癢的林佛兒又想創辦一個區域性的《鹽分地帶文學》。這裡所說的鹽分地帶文學，泛指在臺灣新文學誕生後，於臺南州北門郡的佳里、學甲、西港、七股、將軍及北門一帶含有鹽分較多、經濟不夠發達、生活比較落後的沿海地區，和其自發形成的有著鮮明地方色彩的、較爲獨特的文學流派。林佛兒原本是臺南佳里人，對「鹽分地帶文學」自然一往情深。早在辦《鹽分地帶文學》之前，他就和羊子喬、杜文靖編過數本《鹽分地帶文學選》。他一直在推廣南方文學，二〇一三年自己出版的詩集就命名爲《鹽分地帶詩抄》。二〇〇五年底在臺南縣長的支持下，《鹽分地帶文學》於同年十一月問世。

十多年來，從臺南縣到臺南市，作爲夫妻店的《鹽分地帶文學》，其主編李若鶯與總編林佛兒配合得非常默契。林佛兒負責掌舵，把握刊物的方向和內容，約稿乃至監工製版、印刷，他事無巨細過問。主編主要負責排版和美編。臺南市文化局對林佛兒非常支持，尊重他的意見，這就造就了「《鹽分地帶文學》十多年來是臺灣重要的文學雜誌，也是迄今地方政府唯一的全國性、乃至世界性的文學雜誌。」。（註一三）

林佛兒去世後，《鹽分地帶文學》由遠景出版社的老闆葉麗晴任總編輯，副總編輯潘廣泰，執行編輯施吟瑾。這份刊物，誠品書店、金石堂書店、三民書局等各大書店均有零售。該刊欄目設計有特色，如二〇一九年三月出版的第七十九期，專題爲〈被遺忘的一九四九〉，另有封面故事、一家之言、跨界論述、筆尖下的溫度、閱讀回聲、臺南走踏、被遺忘的時光、編者感言。

二〇一九年，《鹽分地帶文學》發行單位爲臺南市政府文化局、臺南市文藝基金會，發行人黃偉哲，總編路寒袖。詩歌作者有鴻鴻、岩上、靈歌、李勤岸、鄭炯明、渡也、林煥彰、解昆樺、方群以及香港的秀實。這一年的重要評論文章有黃海的〈臺灣科幻文學回眸與再生〉、宋澤萊的〈施明正的短篇小說《指導官與我》〉、〈陳雷的臺語長篇小說《鄉史補記》〉、謝鴻文的〈建構臺灣兒童文學本土化的一盞明燈〉。

《鹽分地帶文學》的貢獻在於讓地域性文學與其他文學合作，共同壯大本土文學，讓《鹽分地帶文學》成爲臺灣文學不可忽視的一部分。

第六節　方耀乾等創辦的《臺文戰線》

創刊於二〇〇五年十二月的《臺文戰線》，三個月一期，以臺語創作爲主，兼發有關臺灣本土文學的評論。該刊作者陳容強大，各路臺語高手均聚集在這裡。在二〇一二年前，歷任的發行人有方耀乾（第一任）、潘靜竹（第二任）、林央敏（第三任）；社長有林央敏（第一任）、方耀乾（第二任）；總編輯有林央敏（第一任）、胡長松（第二任）、陳金順（第三任）、胡長松（第四任）、方耀乾（第五任）、陳金順（第六任）。其創刊目的爲：

以釘根臺語意識及臺灣意識，融合傳統與現代精神，發揚並提升臺灣本土原汁的文學藝術，提倡民族文學思潮，促進臺灣文藝復興，恢復臺灣人的文化自尊及主體性為宗旨。（註一四）

這裡的「釘根」便是臺語，也可解讀為華語的「緊跟」。該刊設有專輯，如胡祥民專輯、林央敏專輯、塞佛特（Jaroelav Seifert）專輯、方耀乾專輯、臺語詩的音樂性專輯、臺語小說發展專輯（一）、臺語小說發展專輯（二）、臺語小說發展專輯（三）、臺語小說創作展、臺語文學的一百個理由專輯、陳雷專輯、胡長松專輯、本土佮人的詩篇專輯、歷史佮前衛小說展、時代的筆專輯、臺語文學史佮典律的建構專輯、生態、文學、生態專輯、陳金順專輯、詩人之道騎春專輯、臺文戰線五週年專輯、族群與神話專輯、地志書寫專輯、旅行文學專輯、百年來臺語小說總評專輯暨臺灣飲食專輯、崔根源專輯等等。（註一五）

《臺文戰線》發的評論文章以短小精悍著稱。在二〇〇六第四期，該刊將方耀乾的評論放在開頭，他在〈「臺灣文學」再正名〉中認為：鄉土文學論戰後，無論是稱「臺灣文學」，還是稱「鄉土文學」，均無意識形態內涵，在語言上專指「用華語書寫的臺灣文學」。八十年代初「臺灣文學」這一稱謂被大家認可時，它不再是被人瞧不起的「方言文學」，到了九十年代初，「臺語文學」正式登場。臺灣文學界的中國派/中文系所和臺灣派/臺文系所卻不約而同聯手於九十年代末開始宰制母語文學的發展空間。中國派學者批評臺語文學界在搞「文學臺獨」，應去之而後快，或鄙視其為狹隘的地方文學，實不登大雅之堂。臺灣派學者批評臺語文學界都是一群「大福佬沙文主義者」，或技術性杯葛臺灣文學課程、臺灣系所開設的空間。（註一六）這裡說的「臺灣派學者」，是指廖咸浩那樣的本地評論家，也就是方耀乾自己說的「臺灣文學的內部敵人」（註一七）。

《臺文戰線》登得最多的還是臺語詩、臺語散文、臺語小說、臺語劇本。別看這是「土裡土氣」的刊物，它也有點洋味，刊登從外國引進的作品。這樣做，有利於幫助臺語作家擴大視野，不再局限於本鄉本土。《臺文戰線》篇幅有限，不願意多發表論爭文章，對技術問題如符號不去展開「公說公有理，婆說婆有理」的爭論。

稿約中便說明兼容並蓄是該刊的風格：

一　凡文學創作、文學評論、文學思潮及根植臺語意識的作品，皆歡迎投稿本刊。其中屬藝術領域的文學作品，不拘類別形式，均需以臺語創作；以理念傳達為旨的論述作品，則不限寫作語言。

二　本刊兼容臺文之相異的書寫系統，來文照刊作者的用字符號，但若有電腦無字者，除非屬內容上的特備需要而需另造符號，否則本刊得在保持作者原字之音義下改以電腦現有的相通字形與符號代替。需造字且不願修改者，請勿投寄本刊。（註一八）

這裡肯定作者自己造字，但這些新造的字，除了作者本人外，有誰看得懂？讀者看不懂，便無法和作者交流，達不到作者書寫的目的。而《臺文戰線》的刊名帶有軍事化色彩，這是因為該刊登的文章和作品牽扯到國族認同這樣的大是大非問題。該刊發的作品有濃烈的政治性，同時注重鄉土色彩，也不忽略原住民書寫、旅行書寫、飲食書寫乃至哲學書寫。在技巧上不排斥表現主義、超現實主義、浪漫主義。作品語言「老土」，技巧則前衛。和《文學臺灣》一樣，《臺文戰線》所走的本土路線，共同爲打造「南方文學」奠定下基礎。

第七節　郭楓總編的《新地文學》

《新地文學》由郭楓和葉笛創刊於一九五四年元旦，社址臺南。創刊號內容有郭楓〈論左拉的文藝思想〉，葉笛譯芥川龍之介的小說〈蜜柑〉及各門類創作，英、法、德各國名著譯文等。一九五八年七月一日出版第八期後停刊。一九九〇年四月由新地文學基金會在臺北複辦，社長兼總編輯爲郭楓，主編爲臺灣呂正惠、北京謝冕、美國許達然。該刊首創兩岸作家學者聯合辦刊的局面，一九九一年八月出至第二卷第三期即總第九期後停刊。二〇〇七年九月三度復刊，三個月一期，社長兼總編輯爲郭楓，作家群廣及華文世界老中青作者。該刊在文學界藍綠派系分明、文學刊物遭受商業市場挾持而淪落之情況下，堅定持守民族文學理念，擁抱發展嚴肅純正文學使命。

三度復刊後的《新地文學》，創作占了很大的篇幅，除了薛憶溈的長篇小說《白求恩的孩子們》、詹澈的詩、郭楓本人的《老憨大傳》外，少見擲地有聲之作，尤其是本土作家的作品嚴重缺席，刊登得最多的是大陸來稿和少部分海外作家作品。有人懷疑該刊是大陸文學臺灣版，這有點誇大其辭。即使是大陸來稿，有一些是在大陸無法發表的，尤其是像一些敢於抨擊時弊的評論，如〈臺灣所不知道的余秋雨〉，還有李建軍在二〇一三年三月號發表的〈直議莫言與諾獎〉。在兩岸交流中，《新地文學》和新地文學出版社一起達到了橋樑作用。

二〇一二年十二月出版的《新地文學》發表〈「新地」重要啓事〉：「自二〇一三年春季起，改爲以「論評」列爲刊文第一目標，並聲稱「本刊不考慮得罪人的問題」。的確，該刊在二〇一三年六月刊發了暨南國際大學黃錦樹評陳大爲〈最年輕的麒麟——馬華文學在臺灣（一九六三～二〇一二）〉，尖銳地指出該書給作者及其夫人的篇幅太多，有借史營私之嫌。

《新地文學》延續《野風》精神，最引人矚目的是郭楓寫的相當於「社論」的卷頭語，重要者有二〇一一年三月發表的〈從淺薄到庸俗的當下臺灣文壇〉，其中云：

> 當下臺灣文壇，從政治專橫箝制中脱出，轉而蜷伏於經濟專橫和意識形態專橫的箝制之下。表面上文學創作似乎十分自由，但各大報刊的藍綠背景分明，文學發表園地和傳播通路遭受無形的嚴密箝制。除了各自的圈內人，一般作家在投稿之前，往往自我檢查以免違逆報刊立場。有幾人敢批判不公社會底層的黑暗？有幾人敢掀揭不義政治藍綠高層人物的醜惡？所謂文學自由，是到處泛濫的文學作品，主題玄渺，内容空虛，唯致力於戲耍語言形式，實是裝腔作勢的造作，不外乎蒼白的小知識份子的淺薄庸俗趣味。

這段話筆犀利無比，酷似大俠唐文標的文風，可惜沒有膽量進一步展開論述。

此類文章還有二〇一五年六月十日發表的〈呼喚嚴正的臺灣文學評論〉，二〇一五年十二月發表的〈誰來揭破臺灣文學自由的假面〉，後者末尾云：

混亂迷離的臺灣社會，需要辨析是非，褒貶善惡的春秋之筆，（盼望）已經太久太久了！

大陸學者古遠清「接招」，寫了一篇措辭尖銳的〈鬼臉時代的臺灣文壇〉，郭楓看後非常欣賞，最後考慮到人事關係，尤其是害怕傷害當年和他一起反國民黨的本土朋友，還是忍痛割愛了。（註一九）還有郭楓本人非常不滿陳芳明的《臺灣新文學史》，但沒有秉筆直書，而是在二〇一一年十二月發表了一篇沒有直說陳著「不眞實」，而是委婉道來的短文〈請給我們一部眞實的臺灣文學史〉。可見在中國（包括臺灣）的人情社會，要眞正做到「不得罪人」，何其難也。

郭楓早期是寫新詩的，他很注意詩壇的最新動向，尤其是對五、六十年代的新詩，他能如數家珍道出當年的實況。二〇一四年九月他發表的〈天地閉、賢人隱、狼之獨步——紀弦人品風格與詩歌藝術新論〉的長文。這是他正在寫作中的《臺灣當代新詩史》中的一章。此文曾在兩岸三地發表，其中在香港《明報月刊》發表時，曾引起同是臺灣詩人羅青的反彈。二〇一六年《新地文學》還刊登過徵求余光中資料的啓事，郭楓決心對他十分厭惡的余光中的底細弄個明白。他於二〇一六年十二月發表的措辭甚苛批評余光中的長文〈擅爲機變之巧，藝術多妻主義者——余光中論〉，則發表在南京出版的《世界華文文學論壇》二〇一九年第二期。

《新地文學》在注意創作的同時，還舉辦過三次「二十一世紀世界華文文學高峰會議」，第一屆會議請了時任總統的馬英九，他在該刊發表了重要文章〈政治和行政爲藝文服務〉。據說這次會議請了余光中，被余光中婉拒。這次會議陣容之強大，的確過去沒有過。後來的會議請了南京一位知名度不高的女散文家，列入重要嘉賓名單，有人說這種做法有徇私的成分。

郭楓是生命力極強的作家。他闖過鬼門關，凱旋歸來後仍寫書和發表演講，但雜誌是無暇顧及了，二〇一六年底，《新地文學》出至總三十八期停刊。

注釋

一　葉石濤：《臺灣文學的悲情》（高雄市：派色文化出版社，一九九〇年），頁一、一一二。

二　彭瑞金：〈《米機敗走》之夢〉，《文學臺灣》二〇二一年秋季號（總一一九期）。

三　林淑惠：〈本土雜誌《臺灣e文藝》的創刊〉，靜宜大學承辦編印：《二〇〇一臺灣文學年鑑》（臺北市：行政院文化建設委員會策畫出版，二〇〇三年四月），頁一六九。

四　李長青：〈《臺灣新文學》停刊，《臺灣e文藝》誕生〉，杜十三總策畫：《二〇〇〇臺灣文學年鑑》（臺北市：行政院文化建設委員會策畫出版，二〇〇二年四月，頁一四八。

五　林淑惠：〈本土雜誌《臺灣e文藝》的創刊〉，靜宜大學承辦編印：《二〇〇一臺灣文學年鑑》（臺北市：行政院文化建設委員會策畫出版，二〇〇三年四月），頁一七一。

六　方耀乾：《臺語文學史暨書目彙編》（臺南市：臺灣文薈出版，二〇一二年六月），頁一二九，本節吸收了該書的研究成果。

七　黃勁連：〈《海翁臺語文學》創刊宗旨〉，《海翁臺語文學》創刊號（二〇〇一年二月）。

八　林央敏：〈《臺文戰線》發刊詞〉，《臺文戰線》（二〇〇五年十二月），頁五～六。

九　方耀乾：《臺語文學史暨書目彙編》（臺南市：臺灣文薈出版，二〇一二年六月），頁一三一。

一〇　劉憶斯：〈我希望通過文學把我們這個時代一個字一個字地印、刻出來〉，《晶報》，二〇一三年三月三十一日。本文的資料均採自此文。

一一　劉憶斯：〈我希望通過文學把我們這個時代一個字一個字地印、刻出來〉，《晶報》，二〇一三年三月三十一日。

一二　薛仁明：〈還看今朝〉，《INK印刻文學生活誌》第六卷第十期（二〇一〇年）。

一三　李若鶯：〈孤星般的燈火，在彼岸亮起——悼念牽手林佛兒〉，《文訊》（二〇一七年五月），頁七十四。

一四　方耀乾：《臺語文學史暨書目彙編》（高雄市：臺灣文薈出版，二〇一二年六月），頁一三三。

一五　方耀乾：《臺語文學史暨書目彙編》（高雄市：臺灣文薈出版，二〇一二年六月），頁一三三。

一六　方耀乾：《臺文戰線》（二〇一二年四月），頁五。

一七　方耀乾：《臺文戰線》總二十四期。

一八　方耀乾：《臺語文學史暨書目彙編》（高雄市：臺灣文薈出版，二〇一二年六月），頁一三六。

一九　此文後來發表在廣州《粵海風》二〇一六年第三期。

餘論　臺灣文學雜誌的發展前景

臺灣文學紙質雜誌不會被網路文學雜誌所取代，它有美好的發展前景。一是多元發展。這是臺灣文學雜誌演進和發展過程中一種必然的趨勢。新的文學雜誌的創刊，不是要取代原有的文學雜誌，如《INK印刻文學生活誌》與老字號的《聯合文學》，可以互相融合發展。不可否認，在文學雜誌多元發展的格局中，會有一些雜誌居於強勢地位，而另一些雜誌居於弱勢地位：用華語寫作的刊物，一般來說會長盛不衰地居強勢地位，而一九九九年創辦的《蓮蕉花臺語雜誌》，因閱讀人口少，必然逐漸萎縮。二〇一七年停刊，是這種弱勢刊物命運使然。

新世紀，是臺灣文學雜誌發展的新時代。這新時代並非華語紙媒一花獨秀，而是與臺語文學雜誌共生。當下臺灣文學雜誌跨地域、跨文化的傳播，華語與臺語、綜合性與專業性雜誌，都有不同的管道和生存條件。不能偏愛某一類型的雜誌，以免帶來評價的片面和狹隘。

臺灣沒有人提倡「主旋律」，有的是各吹各的調，一般不會有政府的介入和行政的干預。在五十年代主張向西方學習的雜誌，與主張文學要「戰鬥」、要「動亂」的刊物並存。今後的發展也是如此。可以有主張某種主義的刊物，也可以有無立場的雜誌。最明顯的是，本土派尤其是鼓吹臺語的刊物，如二〇〇五年十二月創辦主張閩南話為「臺語」的《臺文戰線》，和認為臺語應該包括客家話在內的《文學客家》並存互補。臺北觀點的「北部文學」期刊與非臺北觀點的「南部文學」雜誌，也是河水不犯井水。雖說是同為用華語寫作的刊物，如二〇〇七年三度復刊的《新地文學》與本土派辦的《文學臺灣》，互不干預，共同繁榮。

二是形成流派。北京出版的《人民文學》和《詩刊》，被大陸評論家稱爲「國刊」，臺灣沒有這種樣板和示範的刊物。大陸強調統一思想、統一意志、統一行動，被一位大陸著名學者認爲「中國近五、六十年以來，創作沒有流派，學術界沒有學派。」（註一）這裡說的「中國」，應爲「中國大陸」，因這種判斷不適用於臺灣。遠在日據時期，殖民主義、本土主義、現代主義乃至社會主義各種思潮流派相生相剋，在不懈地拚搏。當代流派方面，臺灣有《皇冠》的流行文學，也有以雅文學爲主的《文季》。在學派方面，臺灣有以顏元叔爲代表的臺北學院派，在南部，則有以葉石濤、彭瑞金爲首的本土派及其「南部詮釋集團」。

三是自生自滅。由於「去中國化」的影響，目前臺灣文化界遇到中文水平下降，寫作者文理不通、錯字連篇的華語水平危機。客觀存在的這種危機，再加上報紙副刊走向窘境，如二〇〇九年四月《中國時報》「人間副刊」消失於人間，無論是閱讀副刊或雜誌的受眾一直在有減無增，這會給臺灣文學雜誌的生存帶來挑戰，有位長官竟把「兢兢業業」寫成「戰戰兢兢」。這種英文水平增強而華語水平下降的情況，導致使用純正中文的文學雜誌的讀者人口大面積縮水。此外，多數文學雜誌尤其是同人辦的詩刊，很難得到資助，這進一步帶來紙媒文學雜誌的生存危機。儘管目前有文化部或臺灣文學館的資助，但資助名額不多，僧多粥少。那些所謂非「優良」刊物，只得靠同仁自掏腰包；就是被資助，稿費照樣發不出來。民辦刊物旋生旋滅，自生自滅，這一現象將會長期存在。詩人許悔之曾寫過小品〈槍下留人〉：

……午夜時分，「詩刊」被處死。不論「美的需求」如何指責，殘酷的「功利現實」始終不肯給予減刑。黎明前不久，「功利現實」到牢房裡去看死刑犯。

「記住，朋友」，他對「詩刊」說：「不是我要槍斃你，是『實用性』要槍斃你。」

是的，你沒有付錢的義務，但是沒有追求另一種感覺的權利！（註二）

臺灣時諺云：「與誰有仇，就讓他辦純文學雜誌」，這有點誇張，但其中包含有眞相。儘管有阻力，有困難，南北兩地刊物在意識形態光譜上也各據兩端，但臺灣的文學刊物，會在荊棘叢中開出美麗的鮮花。在惡劣的條件下，仍會頑強地生存著、發展著。

注釋

一　劉海陵主編：《粵派批評面面觀》（廣州市：羊城晚報出版社，二〇一七年十一月），頁七。

二　許悔之：〈在地下開花以及腐爛——臺灣詩刊的一些現象〉，《臺灣文學觀察雜誌》總第三期（一九九一年一月），頁八十三。

後記　從困境到享受

在初秋的日子裡，站在挺拔的白楊樹下，就會感到送爽的秋風是這樣的令人心曠神怡。這個季節對我來說，是收穫的季節：一本一本用阿里山、日月潭等景物作爲封面圖案的「古遠清臺灣文學五書」，在中秋時分擺在我的書櫃上，看起來倒像一座巍峨的長城，我被八十歲出八本書的情景自我陶醉起來。我突然感到書們也站了起來，粗壯了起來，飽滿了起來，也日益活躍起來。

出齊五本書後，還有《臺灣百年文學出版史》等書稿也在快馬加鞭地寫作。這「新五書」，何時再印成一本本有臺灣特色的精美厚重的書？收穫的季節是這樣令人期待、令人興奮。但事非經過不知難，我這些書的寫作，並非一帆風順，而是困難重重，除了資料不可能有臺灣學者全面和豐富外，還要解決三種困境：

一是文化困境。寫作臺灣文學史及專題史，我身在武漢不可能親臨現場，這有如對岸學人諷刺的「隔著海峽搔癢」的困境。以前利用境外出差的機會，買了大量的繁體字書，但資料總是收集不全。儘管臺港書在我家裡已經滿坑滿谷，可書到用時方恨少，只好邊寫邊補充，所幸有一位筆名爲「台客」的詩人，幫我在網上購買了許多寶貴的資料，總算解決了燃眉之急。

兩岸現在很難正常往來，這種文化困境說到底是政治對峙造成的。另還有疫情所困。如果去臺灣，回來要隔離十四天，誰願意受這種累？好在對岸的不少朋友伸出援手，尤其是「萬卷樓圖書出版公司」全部接納我的稿件，並不懼海山阻隔，將樣書通過層層關卡運了過來。

二是工具困境。這工具，過去是手寫。有了電腦後，是內人幫我把潦草的原稿變成整齊的文檔。她生病後，我請中南財經政法大學的學生以及華中師大的研究生幫忙。可被「惡婦」發現後，竟用拉閘停電的方式趕我的學生走。後又搶占書房，我小心翼翼進去取書，她再次用停電的方式把我趕走。如此惡劣的寫作環境，迫使我再次用鋼筆寫——工作臺上的大電腦早已被強行拔線，老伴只好幫我買了小手提電腦，用亂筆塗成的草稿再加口述，在衛生間旁邊的一個小角落裡寫作。

三是身體困境。在完成「臺灣文學五書」之後，自我感覺良好，想再接再厲完成「新五書」，可當《臺灣百年文學期刊史》快殺青時，突然生了場大病，在重症室足足躺了一個禮拜。所幸我生性樂觀，體質也不差，很快就挺過來了。安全著陸後，又開始我的筆耕事業。有道是：生命不息，寫書不止。對我來說，寫書、出書猶如一種慢性病，長期折磨著我，已無藥可治。好在我有充分的文化自信和身體自信，一定能將《臺灣百年文學出版史》、《臺灣百年文學論爭史》等書完成。

讀書和寫書，其重要的功能本是點燃自己。閱讀繁體字書，就像火苗照亮我發掘出新的寫作靈感，從而發現並喚醒像《臺灣百年文學制度史》那種未開墾的沉睡世界。這種借繁體字期刊、書籍點燃寫作的激情，古人稱之為「發興」。我每寫一本書，都是一種「發興」過程。有人告誡我：「不要再寫書了，停下來好好享受人生。」可旅遊我走不動，打牌沒有興趣，專研《易經》枯燥無味，我的興奮點完全在胡秋原所說的「寫作是一人麻將」上。

早在九十年代初，我在撰寫《臺灣當代文學理論批評史》時，就接觸過許多臺灣文學期刊，可一直無時間系統梳理，這次終於有了這個機會。

有人問我：「這些書為什麼不在大陸出版？」因為大陸出版速度慢，光審查至少要三年，這樣長的出版周期，我實在等不起啦。

又有人問我：「爲什麼不將這多這麼好的題目，去申報國家社科基金課題？」報課題批下來過程也很漫長。就是批准了，沒有三、五年是不能結項的。再加上報銷一類的繁瑣手續，對我這種生性懼怕塡寫沒完沒了的報表，尤其對枯燥乏味的數字非常反感的人來說，不願做「塡表教授」、「報銷教授」是很自然的事。

「臺灣文學五書」和「新五書」，是我新的文學研究生長點，也是個人科學研究的制高點。這塊自我開闢的領地，是物質性的，更是精神上的。無論是《臺灣查禁文藝書刊史》、《臺灣文學學科入門》、《戰後臺灣文學理論史》，均是我八十歲後研究工作的新起點，誇大一點說也算是新高峰吧。

「日出而作」是我長期養成的寫作習慣。哪怕寫累了，便把新送來的樣書左邊摸摸，右邊嗅嗅那新鮮的油墨香味。這種「玩書」是自我娛樂，抹去煩惱和苦痛的最佳方法。當簡體字化爲豎排繁體字，當一堆亂稿化成了美麗的精裝本圖書時，我感到極大的滿足，這就是我人生最大的享受啊。

古遠清

二〇二一年九月十九日病中凱旋歸來

參考書目

張　默主編　《現代詩人書簡集》　臺中市　普天出版社　一九六九年十二月

文訊雜誌社編　文學雜誌特輯　《文訊》　一九八六年十二月

葉石濤著　《臺灣文學的悲情》　高雄市　派色文化出版社　一九九〇年一月

葉石濤著　《走向臺灣文學》　臺北市　自立晚報社文化出版部　一九九〇年三月

張恆豪編　《臺灣作家全集‧楊逵篇》　臺北市　前衛出版社　一九九一年

《臺灣作家全集‧賴和集》　臺北市　前衛出版社　一九九二年七月

許俊雅著　《臺灣文學散論》　臺北市　文史哲出版社　一九九四年十一月

許俊雅著　《日據時代臺灣小說研究》　臺北市　文史哲出版社　一九九五年二月

中島利郎編　《日據時期臺灣文學雜誌總目‧人名索引》　臺北市　前衛出版社　一九九五年三月

《臺灣文學集一——日文作品選集》　高雄市　春暉出版社　一九九六年

梁明雄著　《日據時期臺灣新文學運動研究》　臺北市　文史哲出版社　一九九六年二月

林瑞明著　《臺灣文學的歷史考察》　臺北縣　允晨文化實業公司　一九九六年七月

林瑞明著　《臺灣文學的本土觀察》　臺北縣　允晨文化實業公司　一九九六年七月

葉石濤著　《臺灣文學入門——臺灣文學五十七問》　高雄市　春暉出版社　一九九七年

（日）岡崎郁子著、葉笛等譯　《臺灣文學——異端的系譜》　臺北市　前衛出版社　一九九七年一月

（日）垂水千惠著、涂翠花譯　《臺灣的日本語文學》　臺北市　前衛出版社　一九九八年二月

文訊雜誌社編　不一樣的人文刊物　《文訊》　一九九八年四月號

（日）中島利郎編　《臺灣新文學與魯迅》　臺北市　前衛出版社　二〇〇〇年五月

（日）中島利郎、河原功、下村作次郎編　《日本統治期臺灣文學文藝評論集》第二卷　日本綠蔭書房出版社　二〇〇一年

古繼堂主編　《簡明臺灣文學史》　北京市　時事出版社　二〇〇二年

杜十三總策畫　《二〇〇〇臺灣文學年鑑》　臺北市　行政院文化建設委員會　二〇〇二年四月

文訊雜誌社編　《文訊二十週年——臺灣文學雜誌專號》　臺北市　文訊雜誌社　二〇〇三年七月

彭瑞金總編輯　《二〇〇三臺灣文學年鑑》　臺北市　臺灣文學館　二〇〇四年八月

黃英哲主編　《日治時期臺灣文藝評論集》　臺灣文學館籌備處（四冊）　二〇〇六年

彭瑞金總編　《高雄文學小百科》　高雄市　高雄市政府文化局　二〇〇六七月

趙勳達著　《臺灣新文學（一九三五～一九三七）定位及其抵殖民精神研究》　臺南市　臺南市圖書館　二〇〇六十二月

陳建忠著　《被詛咒的文學：戰後初期（一九四五～一九四九）臺灣文學論集》　臺北市　五南圖書出版公司　二〇〇七年一月

文訊雜誌社編　《文訊二十五周年總目》　臺北市　文訊雜誌社　二〇〇八年七月

財團法人文學臺灣基金會主編　《臺灣大河小說家作品學術研討會論文集》　臺南市　臺灣文學館儲備處　二〇〇六十二月

《文訊》雜誌編　《臺灣推理文學的天空（上）》　臺北市　《文訊》　二〇〇八年三月號

《文訊》雜誌編　《臺灣推理文學的天空（下）》　臺北市　《文訊》　二〇〇八年四月號
葉榮鍾　《日據下臺灣大事年表》　臺中市　晨星出版社　二〇〇八年八月
張　默等編　《創世紀一九五四～二〇〇八圖像冊》　高雄市　創世紀詩社　二〇〇八年十月
江寶釵著　《臺灣全志》〈文化志・文學篇〉卷十二　南投縣　國史館臺灣文獻館　二〇〇九年
彭瑞金著　《鍾肇政文學評傳》　高雄市　春暉出版社　二〇〇九年六月
彭瑞金主編　《鳳邑文學百科》　高雄縣　高雄縣政府文化局　二〇一〇年三月
《文協六十年實錄一九五〇～二〇一〇》　臺北市　中國文藝協會編印　二〇一〇年五月
李　敖著　《大江大海騙了你——李敖秘密談話錄》　臺北市　李敖出版社　二〇一一年二月
陳建忠編選　《臺灣現當代作家研究資料彙編・賴和（一八九四～一九四三）》　臺南市　臺灣文學館　二〇一一年三月
許俊雅編選　《臺灣現當代作家研究資料彙編・呂赫若（一九一四～一九五一）》　臺南市　臺灣文學館　二〇一一年三月
向　陽編選　《臺灣現當代作家研究資料彙編・楊熾昌（一九〇八～一九九四）》　臺南市　臺灣文學館　二〇一一年三月
陳萬益編選　《臺灣現當代作家研究資料彙編・龍瑛宗（一九一一～一九九九）》　臺南市　臺灣文學館　二〇一一年三月
柳書琴等編選　《臺灣現當代作家研究資料彙編・張文環（一九〇九～一九七八）》　臺南市　臺灣文學館　二〇一一年三月

張恆豪編選　《臺灣現當代作家研究資料彙編．吳濁流（一九〇〇～一九七六）》　臺南市　臺灣文學館　二〇一一年三月

許俊雅編選　《臺灣現當代作家研究資料彙編．張我軍（一九〇二～一九五五）》　臺南市　臺灣文學館　二〇一二年三月

方耀乾　《臺語文學史暨書目彙編》　臺南市　臺灣文薈出版　二〇一二年六月　頁一二九

封德屏主編　《臺灣文學期刊史導論（一九一〇～一九四九）》　臺南市　臺灣文學館　二〇一二年十二月

吳蘭梅總編　《賴和．臺灣魂的回蕩——二〇一四彰化研究學術研討會論文集》　彰化縣　彰化縣文化局　二〇一四年三月

彭瑞金等著　《臺灣文學史小事典》　臺南市　臺灣文學館　二〇一四年十一月

許俊雅編選　《臺灣現當代作家研究資料彙編．王昶雄（一九一五～二〇〇〇）》　臺南市　臺灣文學館　二〇一四年十二月

涂靜怡著　《秋水四十年》　新北市　詩藝文出版社　二〇一五年二月

《文訊》雜誌編　「懷念作家林佛兒」　《文訊》　二〇一七年五月號

（日）河源功著、張文薰等譯　《被擺布的臺灣文學：審查與抵抗的系譜》　臺北市　聯經出版事業公司　二〇一七年十一月

柳書琴主編　《日治時期臺灣現代文學辭典》　臺北市　聯經出版事業公司　二〇一九年六月

封德屏、彭瑞金等　《臺灣文學年鑑》　《文訊》、臺灣文學館　一九九六～二〇一九年

作者簡介

古遠清，廣東梅縣人，一九四一年生。武漢大學中文系畢業，爲臺、港文學史家、文學評論家。歷任國際炎黃文化研究會副會長、香港中文大學「中國當代文學系列講座」教授、香港嶺南大學現代文學研究中心客座研究員、中南財經政法大學世界華文文學研究所所長。現爲陝西師範大學人文社會科學高等研究院駐院研究員、佛山科學技術學院嶺南講座教授、中國新文學學會名譽副會長、中國世界華文文學學會名譽副監事長。多次赴大陸、臺、港、澳地區及東南亞各國、韓國、澳大利亞講學和出席國際學術研討會。承擔教育部課題和國家社會科學基金項目七項。

著有《中國大陸當代文學理論批評史》、《香港當代文學批評史》、《臺灣當代新詩史》、《香港當代新詩史》、《海峽兩岸文學關係史》、《臺灣新世紀文學史》、《澳門文學編年史》、《中外粵籍文學批評史》、《華文文學研究的前沿問題》、《世界華文文學概論》、《世界華文文學研究年鑑》、《古遠清八秩畫傳》等多部著作；另有在萬卷樓圖書公司出版「古遠清臺灣文學五書」：《戰後臺灣文學理論史》、《臺灣查禁文藝書刊史》、《臺灣百年文學制度史》、《臺灣文學焦點話題》、《臺灣文學學科入門》，以及「古遠清臺灣文學新五書」：《微型臺灣文學史》、《臺灣百年文學期刊史》、《臺灣百年文學出版史》、《余光中批判史》、《臺灣百年文學論爭史》。

文學研究叢書．古遠清臺灣文學新五書 0810YB7

臺灣百年文學期刊史

作　　者　古遠清
責任編輯　林以邠
特約校對　林秋芬

發 行 人　林慶彰
總 經 理　梁錦興
總 編 輯　張晏瑞
編 輯 所　萬卷樓圖書股份有限公司
臺北市羅斯福路二段 41 號 6 樓之 3
電話 (02)23216565
傳真 (02)23218698

發　　行　萬卷樓圖書股份有限公司
臺北市羅斯福路二段 41 號 6 樓之 3
電話 (02)23216565
傳真 (02)23218698
電郵 SERVICE@WANJUAN.COM.TW
香港經銷　香港聯合書刊物流有限公司
電話 (852)21502100
傳真 (852)23560735

ISBN 978-986-478-612-1
2022 年 2 月初版一刷
定價：新臺幣 300 元

如何購買本書：

1. 劃撥購書，請透過以下郵政劃撥帳號：
   帳號：15624015
   戶名：萬卷樓圖書股份有限公司
2. 轉帳購書，請透過以下帳戶
   合作金庫銀行 古亭分行
   戶名：萬卷樓圖書股份有限公司
   帳號：0877717092596
3. 網路購書，請透過萬卷樓網站
   網址 WWW.WANJUAN.COM.TW

大量購書，請直接聯繫我們，將有專人為您服務。客服：(02)23216565 分機 610

如有缺頁、破損或裝訂錯誤，請寄回更換

 Printed in Taiwan

國家圖書館出版品預行編目資料

臺灣百年文學期刊史/古遠清著. -- 初版. -- 臺北市 : 萬卷樓圖書股份有限公司, 2022.02 印刷
面 ; 公分. -- (文學研究叢書. 古遠清臺灣文學新五書 ; 0810YB7)
ISBN 978-986-478-612-1(平裝)

1.CST: 臺灣文學 2.CST: 期刊 3.CST: 歷史

863.05　　111001940